AF235379

Rainer Bressler, Jurist im Ruhestand und Schriftsteller, geboren 1945, ist Schweizer und lebt in Zürich. In den Jahren 1980 bis 1993 profilierte er sich als Hörspielautor, dessen Hörspiele von Radio DRS produziert und ausgestrahlt wurden.

Bisherige Veröffentlichungen:
  7 Hörspiele (Tom Garner und Jamie Lester, Morgenkonzert, Folgen Sie mir, Madame, Aufruhr in Zürich, Nächst der Sonne, Geliebter / Geliebte, Gaukler der Nacht, Beinahe-Minuten-Krimi), produziert und ausgestrahlt in den Jahren 1979 bis 1993

  Geliebter / Geliebte. 8 Hörspiele, Karpos Verlag, Loznica 2008

  Privatzeug 1856 bis 2012. Versuch einer Spurensuche, 5 Bände (Spur 1 Reisen, Spur 2 Spielen, Spur 3 Schreiben, Spur 4 Dichten, Spur 5 Weben), BoD Norderstedt 2012 bis 2016

  Pink Champagne, satirischer Roman, BoD 2020

  Schattenkämpfe, biografischer Roman, BoD 2020

  Kraut & Rüben, Kurzgeschichten, BoD 2020

  Reise-Impressionen, Erzählungen, BoD 2020

Fenstersturz

Krimi-Satire

Rainer Bressler

Lektorat und Korrektorat: Rainer Bressler
www.rainerbressler.ch
Umschlagbild / Illustrationen: Skizzen aus Tagebüchern 2008
und 2017 und einer weiteren Skizze von Rainer Bressler
www.rainerbressler.ch

Die Handlung sowie die Personen sind frei erfunden.
Ähnlichkeiten mit Tatsächlichem sind nicht beabsichtigt.

Herstellung und Verlag: BoD – Books on Demand,
Norderstedt

ISBN: 978-3-7519-8442-3

Bibliografische Information der Deutschen
Nationalbibliothek:
Die Deutsche Nationalbibliothek verzeichnet diese
Publikation in der Deutschen Nationalbibliografie;
detaillierte bibliografische Daten sind im Internet über
http://dnb.dnb.de abrufbar.

Für Margret und Christian

Auch Kultur handelt von Leben und Tod, aber sie tut das in Gestalt von Geschichten und Motiven, die Ungewissheit und Versehrtheit zulassen. Sie ist die Fachreferentin für alle Fragen, die über reine Zahlen hinausgehen.

Daniela Janser, „Den Horizont aufreissen" in WOZ DIE WOCHENZEITUNG Nr. 20 vom 14. Mai 2020, Titelseite

ERSTER TEIL

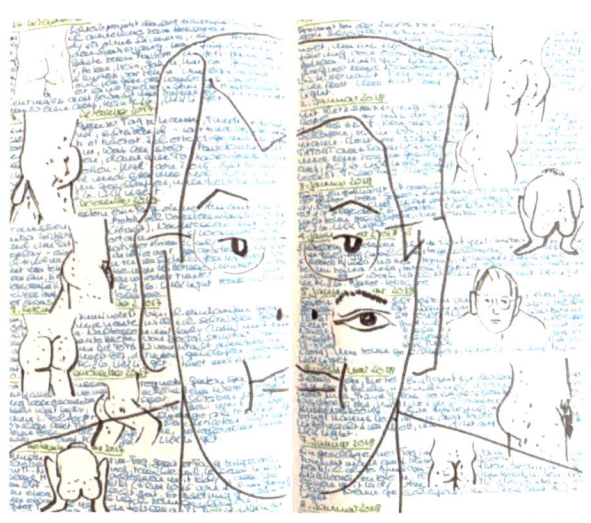

DONNERSTAG 5. FEBRUAR 2015

19 Uhr 13: Leck mich

„Leck mich! Was war DAS?", schreit der entgeisterte Lenker im Innern seiner Blechdose, nachdem er spontan aufs Bremspedal getreten ist und sein in einer Autokolonne auf der zweispurigen Einbahnstrasse beinahe im Schritttempo dahintuckerndes Gefährt mit Rucken, Zucken und Quietschen zu einem schräg in der Strasse, beide Fahrbahnen versperrenden Stillstand bringt. Er zetert weiter, „In dieser Dunkelheit, bei diesem Dunst, mit den flackernden Scheinwerfern und Bremslichtern, unmöglich etwas genau zu erkennen. Zumindest schneit es nicht."

„Ich hatte dir anerboten, selber zu fahren", frotzelt lachend die muntere Mitfahrerin und lässt noch fallen, „Es ging zu schnell. Etwas vors Auto geknallt. Ein Ufo, ein?"

„Ein Irgendetwas, das jetzt … Hätte ich etwas überrollt, hätte der Wagen rumpeln müssen. Wir hätten etwas gespürt. Hast du was gespürt? Ich nicht. Kam eindeutig von oben geflogen. Wutsch und – oder bilde ich mir alles bloss ein. Ich schau nach."

Behände springt der Mann, der inzwischen seinen Geist wieder unter Kontrolle hat, aus seinem Wagen. Tritt ein, zwei, drei Schritte nach vorne. Erstarrt, wie die im Innern des Wagens sitzende Mitfahrerin mitbekommt, zur Salzsäule. Erblasst gleichzeitig. Gibt das Bild einer stehenden, wächsernen Leiche ab, wo bloss eine leichte Bise ein paar Härchen auf dem Kopf des Mannes bewegt. Die Mitfahrerin im Unglücksauto verfolgt mit neugierig erschrecktem Blick, die Verwandlung des Mannes. Stösst die Türe beim Beifahrersitz heftig auf. Springt mit einem Satz aus dem Wageninnern. Ein, zwei, drei Schritte. Bleibt erstarrt stehen. Hebt beide Hände vor ihr Gesicht, dem schrecklichen Anblick auszuweichen.

Unmittelbar vor den Vorderrädern des auf dem Allmendquai auf der Höhe des Amtshauses Eichenviertel schräg stehenden roten Renault Scenic, dem Fahrzeug, das dem Ereignis am nächsten ist und klar als Unfallfahrzeug vermutet wird, liegt eine Masse Mensch in einer Blutlache, unschwer als wohl vor dem Sturz von oben und vor dem Ereignis hübscher junger Mann erkennbar.

Von der hinter dem Unglücksfahrzeug stehenden Autokolonne setzt ein Hupkonzert ein. Köpfe springen aus heruntergedrehten Seitenfenstern. Es hagelt zusätzlich zu den Huptönen erregte Zurufe, Empörung, Befehle, den Weg endlich frei zu geben, man sei in Eile, Fragen nach dem wie und wo. Allmählich schwillt das Konzert ab, geht über in die Geräusche beim Öffnen und Zuschlagen von Autotüren. Um den Ort des Geschehens bildet sich in sicherer Distanz von rund zwei Metern ein Kreis von staunenden, angeekelten Leuten, denen es bei diesem unerwarteten Anblick schlicht die Sprache verschlägt, den Magen umkehrt und sie erstarren lässt. Eine Frau prescht vor. Bringt Bewegung ins Geschehen.

„Ui, ihn hat es tüchtig erwischt!," stellt diese eine Frau, die aus der Runde der Umstehenden ihren Kopf etwas vorstreckt, lakonisch fest. „So schade um den hübschen jungen Mann. Ich glaube, da hilft das, was ich im Erst-Hilfe-Kurs gelernt habe, auch nichts mehr. Tot. Futsch. Mich graust, ihn anzurühren, zu beatmen. Wir müssen die Polizei rufen. Wo sind wir hier?"

Die Frau macht an ihrem Handy rum, während von allen Seiten Kommentare, Ratschläge und was es der guten Worte mehr gibt, um ihren Kopf herum schwirren.

„Keine Ahnung."

„Vor einem dieser neuen Gebäude. Ein Hohn, wie die Architekten unsere schöne Stadt verschandeln."

„Hier! Das ist doch diese Schmiererei von diesem Schmierfink am Gebäude. Davon hat man doch gestern oder vorgestern oder wann in der Zeitung gelesen. Jetzt wissen wir, wo diese Schmiererei ist."

„Auf dem Strassenschild steht Allmendquai. Schon erstaunlich, da fährt man jeden Tag durch, kennt seine Stadt und ahnt nicht, wie wenig man sie kennt."

„Ja, ja, von einem Auto überfahren. Kommen sie rasch. Der junge Mann, der überfahren wurde ist tot. Tot. Ein schrecklicher Anblick. – Wie haben sie gesagt, heisst die Strasse? …"

„Allmendquai."

„Allmendquai. Schwerer Unfall am Allmendquai mit einem Toten. Ja."

„Dann ist das das neue Amtshaus Eichenviertel, in dem, wenn man den Zeitungen glauben darf, der Teufel los ist. Sagen sie, auf dem Allmendquai vor dem Amtshaus Eichenviertel."

„Auf dem Allmendquai, vor dem Amtshaus Eichenviertel."

„Gib mir dein Handy, wenn du fertig telefoniert hast. Ich muss diese Schmiererei abfotografieren. Jetzt, wo man endlich weiss, wo sie ist."

„Gleich, gleich, ich fotografiere zuerst noch den Toten. Schrecklich."

Die aufgeheizte Stimmung und das Besondere des Geschehens lässt die Leute die Kälte an diesem frühen Abend anfangs Februar vergessen und die Zeit vergeht im Fluge. Eine neue Dynamik setzt erst ein, als ein Cis-Gis-Horn den gedämpften Lärmpegel zerreisst und beim Näherkommen lauter wird. Das Fahrzeug einer Polizeistreife nähert sich in der verbotenen Fahrtrichtung. Stellt sich quer vor den Unglücksort. Zwei Streifenpolizisten bahnen sich einen Weg durch die Umstehenden, die für den freien Durchgang der Ordnungshüter wortlos eine Gasse bilden. Die Streifenpolizisten begutachten mit Kennerblick die blutige Bescherung. Weisen die Umstehenden an, weiter zurückzutreten. Fragen nach der Person, die die Polizei benachrichtigt hat. Nach dem Lenker des Unglücksfahrzeugs. Sie sichern die Unfallstelle ab. Fragen die Umstehenden, wer etwas gesehen hat. Sie erklären in die Runde, dass sie gewöhnliche Streifenpolizisten sind, auf Streife ganz in der Nähe. Der Untersuchungsrichter und die Spurensicherung werde gleich da sein. Augenzeugen müssten warten, bis der Untersuchungsrichter mit seinen Leuten hier sei.

Ein Muskelpaket von Mann kommt dahergelaufen und drängt sich zwischen den Leuten hindurch, um einen guten Blick auf das, was geschehen ist, zu erhaschen. Einer der Polizisten pfeift den Mann zurück und sagt, er möge verschwinden. Er habe hier nichts verloren. Der ausgewachsene Mann mit dem vollmondrunden Kindergesicht, wendet sich, nachdem er offensichtlich gesehen hat, was er sehen wollte, unterwürfig dem Polizisten zu, wackelt mit dem Kopf und nickt aus Verlegenheit, um dann nahe an den Polizisten heranzutreten und ihm kleinlaut, beinahe flüsternd zuzuraunen, „Entschuldigen sie. Ich will mich nicht unnötig aufdrängen. Men Danneisen, meine Name. Sicherheitsbeauftragter des Amtshauses Eichenviertel. Ich habe drinnen mitbekommen, dass da draussen etwas vorgefallen ist. Den Typ – ist er tot, oder? – kenne ich vom Sehen. Ein bunter Vogel, dessen Namen ich nicht kenne, der auf der HoGeRaLa arbeitet." Danneisen wendet seinen Blick zum Gebäude. „Dort oben, im fünften Stock, wo noch Licht brennt … Leck mich, dort wo das Fenster offen steht, von dort muss er wohl runtergefallen sein, runterbefördert worden sein, vom Balkon danebeben oder aus dem Fenster …"

„Wie bitte, HoGe…?"

„Entschuldigen sie, Hoher Gebirgsrat Langwardia, wenn sie wünschen, kann ich ihnen …"

„Der Untersuchungsrichter wird gleich da sein. Halten sie sich bitte zur Verfügung. Und sie sagen, er soll dort …? Aus dem Fenster gestürzt. Ein Fenstersturz. Eine abenteuerliche Hypothese. Und sie sind sich total sicher, dass er dort arbeitete und von dort gestürzt sein könnte?"

„Ja. Entschuldigen sie, kann ich nochmals kurz zurück in mein Büro gehen? Ich werde auch gleich wieder hierher kommen."

Die Umstehenden, neugierig und mit gespitzten Ohren dastehend, bekommen mit, was nicht für ihre Ohren bestimmt ist. Ein Gemurmel setzt ein mit Bemerkungen wie, „Ach herrjeh, ist dieses ominöse Amt von diesem, diesem, diesem, wie hiess er gleich, der immer zu allem seinen Senf geben muss ...", „Plattmann, er ist der Präsident von diesem, diesem weiss-der Kuckuck-was-für-ein-Rat", „Was sie nicht sagen, und jetzt stürzt just aus diesem Amt – hat man da noch Worte", „Nein aber auch, das ist ja Sodom und Gomorrha", „Also, ein Freund von mir ist Parteikollege von Fiedler, dem Regierungsrat, und dieser sagt, was die Medien schreiben, ist masslos übertrieben", „Dass aber jemand von dort oben nach da unten gestürzt ist, das schleckt keine Geiss weg", „Und nie sind es die Hohen, die stürzen", „Ach, dort, dort, beim Eingang des Gebäudes, das sind doch ...", „Ja, die kennt man, vom Fernsehen und von Fotos in der Zeitung ...", „Das sind doch ...", „Plattmann und Fiedler", „Das muss ich gleich Klärli per WhatsApp melden, jetzt sehe ich doch diese beiden einmal live ..."

Das Surren einer Kamera schreckt die Idylle auseinander. Alle Köpfe schnellen in die Richtung, aus der das Surren der Kamera kommt. Einer der Polizisten fährt sogleich dazwischen, fuchtelt mit den Armen wie wild herum und schreit, „Verschwinden sie von hier. Hier haben sie nichts verloren!". Jemand kreischt, „Das ist doch der Urs Glaubtreu von Tele Langi, wenn ich zufällig ins Bild gekommen bin – und bin nicht beim Frisör gewesen". Was sich wie ein Gerangel anbahnt, löst sich in Minne auf. Glaubtreu schaltet seine Kamera aus, nimmt sie unter den Arm und grinst den Polizisten an.

„Ich erfülle bloss meinen Auftrag, um die Bevölkerung über das zu informieren, was geschieht. Keine Sorge, wir kennen den Persönlichkeitsschutz."

Der Polizist schüttelt seinen Kopf. „Wie ihr von Tele Langi es immer schafft, gleich da zu sein."

„Nicht nur ich. Auch Schönenberger von ALTER KLEISTER ist bereits da. Ja, ja, gewusst wie. Obacht, da ist der Untersuchungsrichter im Anzug. Nein, das ist erst der Polizeidetektiv Pfund."

„Er dort?"

„Ja. Er dort. Sie brauchen sich nicht auf ihn zu stürzen, er sieht ja, wo … Tschüss. Ich ziehe mich zurück."

Inzwischen ist 20 Uhr 01. Rückblende.

19 Uhr 21: Wir haben eine Leiche

Ein Handy gibt Geräusche von sich. Sepp Pfund ist fest in seine Gedanken verstrickt. Seine neben ihm sitzende liebe Emmi kann, wenn sie ins Erzählen gerät, endlos plätschern. Ohne zu bemerken, dass das Gegenüber längst nicht mehr zuhört. Sich für das, was sie erzählt nicht im Geringsten interessiert. Was gehen ihn die Befindlichkeiten der besten Freundin von seiner lieben Emmi, Josy Ketterer, an, die immer irgendwelche für normale Menschen gewöhnliche und leicht runterzuschluckende Schwierigkeiten hat. Schliesslich verfügt seine liebe Emmi umgekehrt über die Gabe, ihn, Pfund, sobald er ihr etwas zum Beispiel aus seinem Arbeitsalltag berichten möchte, sogleich mit einer beliebigen Frage zu unterbrechen, nicht ohne ihre Wortmeldung mit, „o so interessant, was du zu berichten hast", einzuleiten. Dann aber das Gespräch so zu lenken, dass er spürt, wie ihr das Interesse an seinen Geschichten fehlt. Und er sein Interesse, ihr davon zu berichten, verliert. Was dann dazu führt, dass seine liebe Emmi gemeinsamen Freunden gegenüber in seiner Gegenwart fallen lässt, „Sepp erzählt nie etwas von sich. Er ist halt etwas introvertiert und nicht sehr gesprächig." Sepp denkt dann jeweils, introvertiert, so ein Quatsch!

Die liebe Emmi unterbricht ihre Erzählung und fragt, „Sepp, willst du den Anruf nicht entgegennehmen!" Sepp schrickt aus seinen Gedanken auf. Murmelt etwas. Sein Handy gibt tatsächlich Töne von sich. Er berührt das entsprechende Signet und führt sein Handy an sein Ohr.

„Wir haben eine Leiche. Allmendquai 17, gleich vor dem Tor des Amtshauses Eichenviertel. Ein Mitarbeiter des Hohen Gebirgsrats Langwardia. Ein Fenstersturz aus dem fünften Stockwerk. Rausgehupft oder rausgeschubst. Es könnte sich um Mord handeln, meinen die Streifenpolizisten vor Ort. Güldinger, der theoretisch Brandtour hat, ist leider, leider bereits abgesaust an eine internationale Tagung über Datenaustausch im Strafrecht mit Koryphäen aus der ganzen Welt auf irgendeiner Alp, wo mit Bestimmtheit kein Handy-Empfang sei. Güldinger hat aber vollstes Vertrauen, dass du ihn perfekt vertrittst, wird erst am Montag wieder zurück im Büro sein, wir sollen, falls aus deiner Sicht erforderlich, Medienmitteilung machen. Ich werde gleich einen Entwurf der Medienmitteilung machen und ihn dir per Email senden," flötet Miriam Stöckli ins Telefon. Pfund versichert Stöckli, dass er sich gleich zum Ort des Geschehens aufmache. Dann gibt Pfund mit Blick in Richtung seiner lieben Emmi durch verdrehte Augen bei wackelndem Kopf vor, wie sehr er es bedauert, nochmals von der Pflicht gerufen zu werden, mitten aus dem gemütlichen Zusammensein heraus.

„Der Güldinger ist nicht da. Ich muss."

„Du Ärmster. Weit weg?"

„Bloss zum Allmendquai. Ich werde zu Fuss gehen."

„Allmendquai? Das ist doch dort, wo das neue Amtshaus Eichenviertel steht, das wegen Fiedler, Plattmann & Co. immer wieder ins Gerede kommt. Und vor kurzem noch diese Schmiererei vom Schmierfink beim Eingangsportal. Das ist ja spannend. Wie beneide ich dich, dass du zum Amtshaus Eichenviertel gehen darfst und dort Einiges vernimmst! Glückspilz du! Apropos Amtshaus Eichenwald, Josy hat mir neulich berichtet, dass ..."

Pfund schüttelt innerlich seinen Kopf und denkt spontan, was meine liebe Emmi sich vorstellt. Auf die Ehre, an einer Prominentenlokation anzutanzen, könnte ich liebend gerne verzichten. Obwohl ich ein Gemütsmensch mit der besonderen Gabe bin, Vorgänge in meinem Umfeld zu entschleunigen, hätte ich auf diesen Toten am Donnerstagabend verzichten können. Wie ich überhaupt auf die meisten Toten verzichten kann. Zum Glück sind Tötungsdelikte und ausserordentliche Todesfälle in Langwardia selten. An den Anblick von Toten habe ich mich in all den Jahren meiner Berufstätigkeit nie gewöhnen können. Mich graust vor dem Anblick einer zermantschten Leiche nach einem Fenstersturz. Nicht etwa im Sinne des architektonischen Begriffes, der die Oberseite eines Fensters bezeichnet. Aber als Fall aus einem Fenster. Der spontan eine ‚De-Fenstration' erahnen lässt, diese Form einer Lynchjustiz. All die historischen Fensterstürze. Prag und so weiter.

Obwohl es Fensterstürze gibt, die einfach so geschehen, unerklärlich und rätselhaft. Dann die Selbstmorde, aus Angst, aus seelischer Not - na ja! Zum Lachen, dass es früher einmal, wohl in den 70er Jahren, eine Serie von Fensterstürzen gegeben hatte, als LSD-Schlucker tatsächlich glaubten, fliegen zu können. Haben meine liebe Emmi und ich nicht vor Jahren im Altmarkt Theater dieses Stück von Dario Fo gesehen? ‚Zufälliger Tod eines Anarchisten'. Wo die Untersuchungsbehörden einen wohl Unschuldigen in den Sprung aus dem Fenster drängen. Womit der Fall für die damaligen italienischen Untersuchungsbehörden 1970 erledigt war. Ich jedoch werde mich heute um die Bescherung zu kümmern haben, die ein Fenstersturz, welcher Art auch immer – das muss sich noch erweisen –, hinterlässt. Der Anblick wird total unappetitlich sein. Dennoch bin ich dem Schicksal für die Wahl des Allmendquais als locus delicti nicht echt böse. Endlich mal dieses neue Amtshaus Eichenviertel, die so genannte Holzbaracke, unter die Lupe zu nehmen ist nicht ohne. Und dabei mit grösster Wahrscheinlichkeit erst noch diesen ominösen Plattmann, der in der Öffentlichkeit so viel schwatzt, ausquetschen zu dürfen, gibt dem überraschenden Abendeinsatz, die notwendige Würze. Womöglich schickt Güldinger mich absichtlich als Frontsau voraus, weil er es mit Herrschenden, zu denen auch Plattmann gehört, unbedingt nicht verderben will. Ich höre Güldinger schon, wie er mir an den Kopf wirft, sei kein Hasenfuss, Arschbacken zusammenklemmen und zeigen, dass du deinen Mann stellen kannst. Los, los, Pfund, du bist selber gross! Na ja, Vorahnungen, das Gedankengeschwrubel, Vorstellungen, Befürchtungen, klar gedachte Erwartungen, kurz, das, was einem vor einem Einsatz durch den Kopf jagt, ist viel farbiger und die damit verbundenen Gefühle sind berauschender, als das, was mich am locus delicti tatsächlich erwartet.

Pfund schreckt aus seinem augenblicklichen Gedankensturz auf. Hört, dass seine liebe Emmi noch immer plappert und plappert. Er hievt seine Kilos aus dem Sessel.

„Ja, ja. Interessant, interessant. Entschuldige. Ich muss dann los! Die Pflicht ruft."

Grad in der Mitte unsrer Lebensreise
Befand ich mich in einem dunklen Walde,
Weil ich den rechten Weg verloren hatt.
Wie er gewesen, wäre schwer zu sagen,
Der wilde Wald, der harte und gedrängte,
Der in Gedanken noch die Angst erneuert.
Fast gleichet seine Bitternis dem Tode,
Doch um des Guten, das ich dort gefunden
Sag ich die andern Dinge, die ich schaute.

Dante Alighieri, Die Göttliche Komödie, übersetzt
von Hermann Gmelin, Reclam 1972, Seite 7

EXKURS
DAS NEUE AMTSHAUS
EICHENWALD

2011 stösst Albert Watschke, ein journalistisches
Urgestein des Tade, Kurzbezeichnung des Tagesverkünders,
einer Tageszeitung Transköls, im Amtsblatt von Transköls
Hauptstadt Langwardia auf eine ihm ins Auge stechende
Ausschreibung eines Neubaus, die das Zeugs zu haben
scheint, in der Saure-Gurken-Zeit ihm ein Thema
zuzuspielen, das sich zu einem Primeur, einem Scoop,
vielleicht sogar einem Skandal aufbauschen lässt, der die
Leserschaft für ein paar Tage oder gar Wochen an den Tade
bindet. Als alter Mann, der kurz davor steht, in Rente zu
gehen, kennt er seine Stadt und seine Pappenheimer. Erst
kürzlich war er, flussseits dem Allmendquai entlang

schlendernd kurz vor dem verlotterten Mathilden-Schloss gestanden und hatte spontan gedacht, eine Schande, dass dieses Gebäude, ein Wahrzeichen der Geschichte und der Entwicklung von Langwardia so heruntergekommen ist und niemand sich um dessen Renovation zu kümmern scheint. Die Ausschreibung des neuen Hochhauses scheint Watschke das Grundstück des Mathilden-Schlosses zu betreffen. Ein paar Telefonanrufe bestätigen ihm seine Vermutung und liefern ihm zusätzlich Details, die ihm höchst gelegen kommen.

Watschke erfährt die nicht an die Öffentlichkeit gedrungene Hintergrundgeschichte, dass Regierungsrat Krautstädter, der von seiner Partei, der LPT (Liberale Partei Transköl) altershalber zum Rücktritt als Regierungsrat gezwungen wird, obwohl er locker noch ein paar Jährchen hätte wirken wollen, sich ein Denkmal setzen will. Den Krautstätter-Palast. Er schildert seinen Spezis von der Regierung und dem Parlament, wie die alte Börse Langwardias, dieser aufstrebenden Metropole, eine Schande sei. Langwardia unbedingt ein repräsentatives Börsengebäude benötige, das für die Wirtschaft der gesamten Welt zu einem Blick- und Angelpunkt werde. Der Krautstätter-Palast eben. Beinahe-Alt-Regierungsrat Krautstädter schlägt als Standpunkt der Neuen Börse das Grundstück des Mathilden-Schlosses vor. Das Mathilden-Schloss sei in einem erbärmlichen Zustand. Eine Renovation würde zu hohe Kosten verursachen und wenn, wie nicht anders zu erwarten sei, der Denkmalschutz auf einer Wiederherstellung im Originalzustand bestehe, was würde die Stadt als Eignerin des Mathilden-Schlosses mit einem pompösen Prunkpalast aus der Gründerzeit anfangen wollen.

Das Mathildenschloss ist eine Geschichte für sich. Bevor diese Geschichte begann und ihren Lauf nehmen konnte, soll sich in diesem Stadtgebiet das kleine Viertel der Gerber seit dem Mittelalter befunden haben. Im ausgehenden neunzehnten Jahrhundert nicht mehr zeitgemässe, halb zerfallene Häuser mit engen Gässchen und stinkenden Kanälen. Hygienische Gründe zwingen die damalige Stadtregierung, sich etwas zur Sanierung dieses nicht mehr bewohnbaren und vor allem nicht mehr zeitgemässen Quartiers einfallen zu lassen. Dem lange anhaltenden Bedenken der Stadtregierung kommt zu pass, dass ein erfolgreichster Maschinen-Tycoon aus Albakasien, der sich in Langwardia vor Jahren niedergelassen und nicht nur die Wirtschaft Langwardias, aber ganz Transköls in Schwung gebracht hat, eine Unsumme aufzuwerfen bereit ist, um einen standesgemässen privaten Wohnsitz zu bauen. So wird das stinkend stickige Gerberviertel flachgewalzt und es entsteht etwas Besonderes, wie Langwardia und auch Transköl es noch nie gesehen hat. Die 1863 erbaute neugotische vom ausländischen Maschinen-Tycoon erbaute Ungeheuerlichkeit wurde sehr zum Entsetzen der Ehefrau und der Kinder im Andenken an seine verstorbene Geliebte Mathilden-Schloss getauft. Jede Bewohnerin, jeder Bewohner in Langwardia ist stolz darauf, dass in Langwardia ein jeden Betrachter, jede Betrachterin aus den Socken hauender Bau steht. Die Nach-Nachkommen des Maschinen-Tycoons aus Albakasien verlieren beim Spielen, nachdem sie das Mathildenschloss aufs Spiel gesetzt hatten. Der glückliche Gewinner verlumpt. Niemand hat Lust darauf, ein so pompöses Gebäude wie das Mathilden-Schloss zu unterhalten. So fallen das Mathilden-Schloss inklusive Park an den Distrikt Langwardia. Das Mathilden-Schloss büsst im Laufe dieser Jahre und Jahrzehnte an Attraktivität ein, verlottert und wird zum

Schandfleck Langwardias. Was jedoch nicht wirklich bemerkt wird. Mit dem Bau des neuen Bahnhofs vor der Jahrhundertwende entwickelt sich ein neues Stadt- und Gewerbezentrum, abseits von Fluss und Allmendquai.

Krautstätter, der gewiefte Politiker, schafft das Glanzstück, seinen Plan mit sanftem Druck an der Öffentlichkeit vorbei durch Regierung und Parlament zu schleusen, so dass im Vorfeld des, wie gewisse Meinungsbildner verkünden, visionären Bauprojekts kein Aufhebens um nichts gemacht und keine der Gruppen, bei denen der Plan auf Widerstand gestossen wäre, aufgeschreckt werden. Doch Krautstätter hatte nicht mit dem findigen Tade-Journalisten Watschke, gerechnet, der auf Mathilden-Schloss und auf Krautstätter-Palast pfeift, aber eine ausbaufähige Story wittert, die sich mit journalistischem Geschick zu einem Skandal des rechten Filzes herrichten lässt und die linken Politiker in Wallung und die Bevölkerung in gierige Sensationslust katapultiert. Er verfasst einen hübschen Artikel über den bürgerlichen Filz, der es einmal mehr schafft, wertvollstes Kulturgut wie das Mathilden-Schloss für den Abbruch freizugeben und anstatt zum Beispiel sozialen Wohnungsbau, an dem es in der Stadt fehlt, auf die Beine zu stellen, ausgerechnet auf Kosten der Steuerzahler ein neues Börsengebäude zu erbauen, wo Langwardia mit seinen Gnomen, die bloss deklaratorisch über alle Zweifel erhaben sind, als Steuerparadies einen für die anständige Bevölkerung peinlichen und zweifelhaften Ruf geniesst.

Watschke mit seiner Spürnase liegt goldrichtig. Er stösst einen Hype an, in dem alles, was Rang und Namen hat in Politik, Wirtschaft, Kultur, Stammtisch und Social Media, eine gute Plattform wittert, um sich möglichst schrill mit eisengestählten Ellbogen ins grelle Rampenlicht zu drängen und die anderen zu verjagen. Und das Volk klatscht und tratscht betroffen, empört, kopfschüttelnd, höhnisch, spöttisch und besserwissend über den Mist, den die dort oben wieder veranstalten. Dieser Hype rettet den Tade und alle anderen Medien nicht bloss über die Saure Gurken-Zeit, aber hält durch bis in nächste Jahr. Kaum droht das Volk, sich gelangweilt von dem Thema abzuwenden, gibt diesmal der Zeitenlauf, der ganzen Geschichte noch einen drauf. Regierungsrat Krautstätter ist mit säuerlicher Miene von seinem Amt zurückgetreten. Nachfolger als Regierungsrat wird Dr.iur. Iwan Fiedler von der bürgerlich rechtslastigen PfdV (Partei für das Volk). Niemand vertritt mehr den Krautstätter-Palast-Denkmal-Traum. Die Börse verändert ihre Strukturen, profitiert von technischen und tatsächlichen Neuerungen, weg vom Ring à la criée, hin zur Digitalität und benötigt keinen Krautstätter-Palast mehr. Das Mathilden-Schloss ist bereits geschleift. Das Grundstück am Allmendquai neben der Willat, dem Fluss, wird zur Brache, die die Bewohner von Langwardia nicht beachten und die niemanden stört. Bis Regierungsrat Fiedler, in der Bevölkerung noch wenig bekannt, auf die Bühne tritt und gross verkündet, der Auftrag der Politik sei es, vorwärts zu schauen. Die Brache am Allmendquai, dem ehemaligen Standort des Mathilden-Schlosses sei eine Schande für Langwardia. Er verkündet lautstark das Bauvorhaben eines Hochhauses als ein dringendes Geschäft des Gesamtregierungsrats wegen des immer grösser werdenden Platzbedarfs der öffentlichen Verwaltung. Das neu zu erstellende Amtshaus werde Amtshaus Eichenwald heissen. Die ältesten Stadtpläne Langwardias zeigten, dass da, wo das Mathilden-Schloss, zuvor das Gerberviertel gewesen seien, ein Eichenwald gestanden habe. Dabei vergisst er geflissentlich zu erwähnen, dass die Regierung einen für den Staat sehr lohnenden Deal mit Investoren aus dem Morgenland eingefädelt hat. Ewald Tscherky, einem Schreiberling vom Querschläger, dem Leibblatt der extremen Linken, der auf Inspiration harrt und aus Langweile das in Griffnähe liegende Blättchen, das Amtsblatt stiert, sticht ins Auge, dass als Bauherrschaft des Bauprojektes ‚Amtshaus Eichenwald' eine merkwürdige Investorengruppe aus dem Morgenland aufgeführt ist. Bei einer Nachfrage im Sekretariat von Regierungsrat Fiedler staunt Tscherky, dass er ohne weiteres mit dem Chef höchstpersönlich verbunden wird. Dieser sagt, er habe es nicht an die grosse Glocke hängen wollen, dass die im Amtshaus Eichenwald vorgesehenen Verwaltungsabteilungen bloss Mieter sind. Eine Fremdfinanzierung habe sich aufgedrängt, weil ein sündhaft teurer, ultramoderner Holzbau geplant sei, das höchste Hochhaus in Holzbauweise in Transköl und wohl auf der ganzen Welt. Architekten seien die weltberühmten Fürst & Niemand. Das Land sei im Baurecht abgegeben. Die öffentliche Hand bekomme Zinsen und Land samt Gebäude falle nach Ablauf der Baurechtsfrist an den Staat zurück.

„Herr Regierungsrat, sie wissen doch, für welche Zeitung ich schreibe. Dennoch berichten sie so offen?"

„Sie sind doch kein wildes Tier, das mich zerfleischen, will, oder, Herr Tschirky", lacht Regierungsrat Fiedler.

Auslöser für den erneuten Medien-Hype ist die Empörung im Blätterwald und bei Radio und Fernsehen, dass ausgerechnet Regierungsrat Fiedler, ein bürgerlicher Politiker, von dem man mehr Fingerspitzengefühl und Verantwortungsbewusstsein erwartet hätte, sich als Verräter seiner bürgerlichen Haltung erweist, indem er brisanteste Neuigkeiten zuerst dem Querschläger liefert. Fiedler ist Hans im Glück ob seiner ihm zufallenden, alles andere wegwischenden Medienpräsenz. Möchte am liebsten vor Freude Purzelbäume schlagen. Setzt stattdessen eine besorgte Miene auf und beliefert nun alle Medien mit längsten Interview- und Aufnahmeterminen und schönsten Brustbildern der eigenen Person. Regierungsrat Fiedler wird für seine Medienstrategien und -auftritte von einem ausländischen Beraterteam beraten, das zum Beispiel in Albakasien einen Aussenminister und in Wolkenheim sogar einen Staatspräsidenten kreiert hat. Die gekonnten Auftritte Fiedlers lassen den bekanntesten Theaterkritiker der FLB (Frische Langwardia Blätter, seit 1763), Daniel Musterkopf, zum Geschreibsel in einer Kolumne hinreissen, 'unsere' gut bezahlten Schauspielerinnen und Schauspieler des Staatstheaters Langwardia sollten sich ein Beispiel nehmen an der hohen Kunst ‚unseres' Regierungsrates Fiedler, der alle anderen an die Wand spielt. Im Nu mutiert Fiedler zum Promi, den auch die Hinterste und der Letzte im Land zur Kenntnis nehmen müssen. Die nächste Welle dann schlägt Fiedler mitten ins Gesicht. Sie demontiert den zum Promi Katapultierten zum Staatsfeind Nummer Eins, der mit Investoren aus dem Morgenland dealt, unter anderen einem, der Autokrat ist, seinem Volk ein Riesenvermogen gestohlen hat und auf die Menschenrechte pfeift. Es gelingt den Medien, die Empörung der Bevölkerung zum Siedepunkt zu bringen. Unerwartet schlägt in diesem fatalen Moment im Leben Fiedlers die Stunde für einen bis dahin in der Öffentlichkeit Unbekannten. „Wer ist er, dass er im Ernst annimmt, diesen Unmenschen Fiedler in Schutz nehmen zu können, dieser Platt …, Platt …, Platt … oder irgendwie - mann, Präsident von diesem, diesem, diesem, o Gott, der

Name dieses Amtes. Hast du gewusst, dass es so ein Amt überhaupt gibt? Was uns Steuerzahlern alles zugemutet wird," geht ein Raunen durch die Bevölkerung, als Cäsar Plattmann, Präsident des Hohen Gebirgsrates Langwardia, des HoGeRaLa, mit gestählter Brust und breitem Lächeln die Bühne betritt. Sorgsam darauf achtend, dass alle Scheinwerfer auf ihn gerichtet sind und ihn im besten Licht glänzen lassen. Er schleudert mit schrillstem Tenor aus tiefster Brust eine Brandrede über die Menge. Er übertönt alles. Doziert, schon in der Bibel stehe geschrieben, du sollst auch deine Feinde lieben. Dann geht er auf den Paria Fiedler zu und umarmt diesen. Applaus, Applaus.

Plattmann war erst neulich in Volkswahl mit beachtlichem Resultat zum Präsidenten des HoGeRaLa gewählt worden. Dabei muss er die bittere Erfahrung machen, dass kein Schwein ihn als Person beachtet. Bei seiner Wahl zählen ausschliesslich politische Strategien. Die zu wählenden Personen sind egal. Die Bürgerlichen wollen und müssen mit allen Mitteln den Kandidaten der Sozialdemokratischen Partei Transköl (SDPT) verhindern. Dazu ist den Bürgerlichen jeder Trottel als eigener Kandidat und Gegenkandidat recht. Selbst das unbeschriebene Blatt Plattmann mit der grossen Klappe von den Christen für Transköl (CfT), der den Ruf hat einen Drall zur rechtslastigen Partei für das Volk (PfdV) zu haben. Hauptsache, der Tritt ans Schienbein der SDPT sitzt und schmerzt. Die Medien ignorieren diese Wahl des Präsidenten des HoGeRaLa, weil kein Schwein sich den Namen dieses Amtes merken kann, geschweige denn weiss, was dort veramtet wird.

Plattmann lauert, seit er Präsident des HoGeRaLa ist, auf eine Gelegenheit, die Medien und damit die

Aufmerksamkeit von allen zu erobern. Fiedler hat ihm diese Gelegenheit geboten. Die Umarmung Fiedlers ist sein grosser Coup. Skandal, Heldentat und Rührstück in einem. Einer, der es wagt, die heisse Kartoffel zu herzen! Berichte über Plattmann, Interviews und Fernsehbeiträge mit ihm, Fotos von ihm ergiessen sich über das gemeine Volk, sehr zum demonstrativ gezeigten Ärger der Mächtigen, die gleichzeitig froh sind, dass die Medien abgelenkt sind und ihnen für kurze Zeit nicht zu sehr auf die Finger schauen. Plattmann ist selig.

Fiedler ist rehabilitiert. Plattmann hat seine Plattform. Bei jeder passenden und unpassenden Gelegenheit erklärt er locker, jovial und strahlend in Mikrophone hinein, wenn im Zentrum von Langwardia ein Bau, und erst noch ein visionärer Bau von Fürst & Niemand stehe, sei Langwardia endlich am Puls der Zeit angelangt. Oder sogar der Zeit voraus. Könne sich den Schlaf aus den Augen wischen. Aus den Träumen aufwachen und werde endlich ernst genommen. Spiele klar in der ersten Liga mit. Die Vorwürfe der Geldverschwendung, der Vetternwirtschaft seien aus der Luft gegriffen. Nostalgische Verbohrtheit bei einem sensationell projektierten Holzbau sei total rückständig. Einer aufgeschlossenen Bevölkerung Langwardias unwürdig und total fehl am Platz. Es gehe um Visionen. Visionen für Langwardia und ganz Transköl. Plattmann schallt tosender Applaus entgegen. Fiedler drängt sich zu ihm aufs Podest. Endlose Umarmungen und endloses Händeschütteln. Kein Schwein in Transköl kommt darum herum, Plattmann als Spezi von Fiedler und ihn sogar als übertrumpfenden Überflieger wahrzunehmen.

Nachdem die Bevölkerung frenetisch applaudiert hat, wendet sie sich anderen, ihr von den Medien aufgetischten Neuigkeiten zu, um erst später, ebenfalls von im Dienste dieser oder jener Partei stehenden Medien geschürt, kopfschüttelnd und lautstark über den Filz und die Seilschaften der Herrschenden zu schimpfen. Andere Wellen überfluten die öffentliche Meinung und rufen Gekreisch hervor. Der Skandal um den projektierten Neubau des Amtshauses Eichenviertel versandet sang- und klanglos. Doch die Namen Fiedler und Plattmann bleiben hängen. Die Bauarbeiten des Amtshauses Eichenviertel beginnen.

Kaum zeigen sich Holzgerüste, die auf ungewohnte Weise aus dem Boden in die Höhe, in ungeahnte Höhen wachsen, verfällt die Redaktion des Tade auf die Idee, in einem so genannten 'Tagebuch über den Neubau Amtshaus Eichenviertel' während Tagen, Wochen und Monaten auf den Lokalseiten mit hübsch aufgeblasenen Bildern, um an Text zu sparen, darüber zu berichten, wie das Bauwerk nach drei Jahren Planung endlich Gestalt annimmt, um dann pünktlich auf das neue Jahr 2015 von den Ämtern der öffentlichen Verwaltung bezogen zu werden. Die FLB sieht sich gezwungen auf diesen medialen Coup mit angekündigter Dauer zu reagieren und wirft nach dem 3. Tagebuchbericht die Frage auf, ob diese Berichtserie des Tade dazu angetan sein könne, die Bevölkerung von Langwardia von der Ästhetik des entstehenden hässlichen Gebäudes zu überzeugen. Im Tagebuch des Tade und in den auf die einzelnen Tagebuch-Berichte des Tade Bezug nehmenden Berichten und Kommentaren der FLB liefern der Tade und die FLB sich einen Hickhack über Ästhetik, zu dem in der Folge Fiedler und Plattmann regelmässig ihren Senf dazugeben und den ALTER KLEISTER mit verkitschten

Berichten und der Querschläger mit Zynismen printmedial auskosten. Dem Gewelle das Gischthäubchen setzt Bobby Renner in seiner Kolumne in der FLB, genannt „Julia Hinterdemmonds Klatsch & Tratsch über Promis", unter dem Titel „Der Zeit voraus!" auf, indem er das im Bau befindliche Amtshaus Eichenviertel als Holzbaracke bezeichnet. Die ‚Holzbaracke' weckt die Leserschaft aus ihrem Halbdämmer auf, geht in Windeseile von Mund zu Mund und füttert die Social Media. Wo endlich nicht mehr nur Politiker und Topmanager und Topmilitärs und Berater und Professoren ihren Narzissmus ausleben dürfen, aber auch ganz gewöhnliche Normalos. Es hagelt Postings von Reich und Arm über die ‚Holzbaracke'. Das im Entstehen begriffene Amtshaus Eichenviertel wird im Volksmund auf den Namen ‚Holzbaracke' getauft und trägt ab dato diesen Übernamen neben der offiziellen Bezeichnung Amtshaus Eichenwald. Nach und nach blättern das gemeine Volk und selbst die Herrscher und die Schönen und Reichen die Zeitungen und Zeitschriften wieder gelangweilt durch, wenn immer nur dieses eine Thema auftaucht, und fragen genervt, wann dieser Bau endlich steht und die Medien wieder Gescheiteres zu berichten haben. Niemand interessiert sich für die von Fiedler und Plattmann stolz und gemeinsam angekündigte Neuigkeit, dass die Direktionskanzlei von Fiedler den von aussen betrachtet rechten und die HoGeRaLa-Kanzlei von Plattmann den linken Bereich des fünften und obersten Stock des neuen Gebäudes belegen wird.

Und siehe da, Ende 2014 steht der Bau und kann pünktlich ab diesem Zeitpunkt bezogen werden. Etliche Ämter der öffentlichen Verwaltung von Langwardia beziehen das Haus. Richten sich ein. Meckern oder sind zufrieden.

Das riesige, fünfstöckige Gebäude besteht aus einem Holzskelett, Holzböden, Holzzwischenwänden, Holzsäulen, elegant platzierten Holztreppen rauf und runter, überzogen von einer leicht erdig getönten Glashaut, die einerseits spiegelt, andrerseits aber einen diskreten Einblick in die Struktur des Gebäudes von aussen zulässt, ohne das Innenleben der Gebäudes auszustellen. In die Glashaut eingelassen sind Balkone und Fenster, die der Fassade die Qualität eines abstrakten Gemäldes geben. Der riesige, langgestreckte Kubus verfügt links und rechts je über einen weiträumigen, ovalen, parkähnlich begrünten Innenhof, so dass im Inneren des Gebäudes alle Räume und Büros über Fenster mit Ausblick entweder auf die vorder- oder rückseitigen oder seitlichen Strassen oder einer der Innenhöfe verfügen. Der gesamte Bau wirkt trotz seiner Grösse luftig und leicht. Eine besondere Kostprobe der beim Bau dominierenden Ästhetik ist der klar und kunstvoll gestaltete Eingang mit einem Flügel-Schiebe-Türen Portal. Dem Portal gegenüber fliesst die Warda, der Fluss, der in den Bergen Transköls seine Quelle hat und bis ins Meer fliesst. Getrennt sind Warda und Amtshaus Eichenviertel durch die zweispurige Einbahnstrasse Allmendquai, die zu beiden Seiten einen Gehsteig für Fussgänger hat und flusseits von einer Reihe von Lindenbäumen gesäumt ist. Vom Allmendquai zum Eingangsportal des Amtshauses Eichenviertel führen drei Stufen und seitlich je schwungvoll gerundete Rampen. Einziger Schmuck und grandioser Akzent in der Fassade ist ein schräg rechts über dem Portal in die Glashaut eingelassener sich über zwei Stockwerke erstreckender Rhombus aus braun-beigem Marmor, dessen Unterkante und linke untere Ecke auf das Portal weist. Ein Anblick der verblüfft, entzückt und Freude bereitet. Der Fürst

& Niemand-Bau wird in allen Architekturmagazinen rund um die Welt in den höchsten Tönen gepriesen und hat bereits während der Bauphase Langwardia und sein Amtshaus Eichenwald zu einem Mekka für Fans neuer Architektur gemacht.

Das Ungewohnte dieses Neubaus lässt wiederum eine Serie von medialen, politischen, magistralen und geschwätzigen Wellen hochgehen. Gischt spritzt links und rechts herum. Doch dann rollt wegen der spritzenden Gischt die Monsterwelle unbeachtet an und lässt die Leute aller Fraktionen empört, freudig, schadenfreudig, höhnisch, spöttisch aus der Fassung fallen mit der Bemerkung, man habe schon immer geahnt, dass es böse enden werde.

Am Morgen des Montags, 2. Februar 2015 entdecken die Leute, die sich der ‚Holzbaracke' nähern, mit Schrecken oder Freude eine hässliche oder geniale Schmiererei oder ein Graffito auf dem Rhombus über dem Eingang rechts.

Das Graffito besteht aus einer verblüffendsten Kalligraphie, die für ein für den Laien unentzifferbares Namenskürzel steht. Wie ein Wappenschild gehalten von einem grünen Ungeheuer mit Stelzenbeinchen und Pferdehufen, Tierklauen, einem affenartigen Kopf mit verzerrter Visage, aus dem Mund hängenden Seitenzähnen, einer roten, spitzen Zunge, hoch aufgestellten Schweinsohren und fünf aus dem Kopf wachsenden Borstenhaaren. Vom üppigen Gesäss baumelt ein langer, dünner Schwanz mit einem Widerhaken am Ende. Die beiden Gesässbacken zeigen die Physiognomie eines Gesichts und aus dem Anus, der den Mund darstellt, entfährt ein Furz, erkennbar an einem Gewirr von Strichen, die trichterförmig aus dem Arschloch ragen. Aus dem furchterregenden Rachen des Ungeheuers purzeln so etwas wie Tränen, bei genauem Hinschauen als Menschlein zu erkennen. Menschlein im Höllen-, Engels- oder Menschensturz. Die Folge der fantastischen Buchstaben der Kalligraphie, die auf den ersten Blick ein Wappenschild zu sein scheint, ist mit etwas Mühe und Fantasie als „zufall" zu entziffern. Über dem Ganzen ein Schriftband mit dem leicht zu lesenden Spruch „Ein Schuft, wer Böses dabei denkt".

Die Monsterwelle, ausgelöst durch die Schmiererei am ach so würdigen, soeben erst eröffneten Amtshaus Eichenwald, trägt die Schwätzer und die Medien in ungeahnte Höhen, von wo ihr Gekreische in die Tiefe schallt. Ein weiterer Medien-Hype um die Holzbaracke, der zeigt, dass die Serie klar nicht abrechen kann und will. Das Sensations-Zitrönchen zur Information, Unterhaltung, Belustigung, Verärgerung, Empörung der auf Skandale und Katastrophen begierigen Konsumenten ist noch lange nicht ausgepresst. Die Medien lassen sich nicht lumpen und pressen aus dem Zitrönchen, was es zu pressen gibt.

Dem Gipfel die Spitze setzt Bobby Renner auf, als er – was zum empörten Stadt-, ja Landesgespräch und Kopfschütteln wird – in einer Kolumne in der FLB vom Dienstag, 3. Februar 2015 unter dem Titel „Kunst am Bau" die Schmiererei des Sprayers auf dem Marmor-Rhombus über dem Eingang der Holzbaracke als geniale Kunst am Bau, Urban Art, Street Art bezeichnet, die es als Kunst endlich wieder schaffe, die Bevölkerung aufzuschrecken – und die öffentliche Hand erst noch nichts koste, weder Kunststipendien, noch allzu teure Kunstankäufe.

Öffentlichkeit und Kunstwelt sollten dem Schmierfink dankbar sein. Das Graffito sei zudem so genial, dass die zu erwartenden Touristen aus aller Herren Länder knipsend und begeistert vor diesem Wunderwerk der zeitgenössischen Architektur stehen und echt annehmen, dass das Graffito, das sie im Fokus haben und sie besonders anspricht, wohl ein gelungenes Wappenschild entsprechend der transkölanischen Kultur sei. Diese Kolumne Bobby Renners empört die Herrschenden und sechs Achtel der Bevölkerung. Die FLB trennt sich in der Folge auf Befehl des Verwaltungsrats des Blattes sofort mit Bedauern von ihrem langjährigen Redaktor Bobby Renner. Regierungsrat Fiedler und Cäsar Plattmann, Präsident des HoGeRaLa, erheben Strafanzeige gegen den unbekannten Schmierfink wegen dessen Schmiererei. Der zuständige Untersuchungsrichter, der durch etliche Verfahren die Sprayer-Szene kennt, kann sich ausrechnen, wer diesmal der Übeltäter ist. Als Mitglied der Sozialdemokratischen Partei Transköls (SDPT) will er unbedingt verhindern, dass Exponenten der LPT, der PfdV, der CfT und andere erzbürgerliche und erzliberale in einem gefunden Fressen einen fantasiebegabten jungen Mann fertig machen. Er behält sein Wissen zurück und gibt vor, in der Strafuntersuchung leider nicht vorwärts zu kommen, weil die Szene total abblocke, nicht zu unterwandern sei , keinen der Ihren verrate und er keinen blassen Schimmer – hahaha! – habe, welcher Sprayer diesmal am Werk gewesen ist.

Der Philosoph Friedrich Nietzsche hat richtig betont, dass jedes Sehen, jede Erkenntnis, jeder Affekt nur eine bestimmte beschränkte Perspektive auf die jeweilige Sache freilegt, und dass es daher wichtig ist, die Perspektiven zu wechseln.

Daniele Ganser, Illegale Kriege, Orell Füssli Verlag 2016, E-Book, Pos. 5348

FORTSETZUNG
DONNERSTAG 5. FEBRUAR 2015

20 Uhr 01: Dein Freund und Helfer

Pfund erscheint seiner Natur entsprechend unauffällig am locus delicti. Er bekommt als erstes mit, wie ein Polizist in unmittelbarer Nähe des Unfallortes, wohl einer der Streifenpolizisten, die als erste am Unfallort waren, von Urs Glaubtreu, dem treuen Glauben, diesem verflixt schnellen Kerl von Tele Langi, etwas zugeflüstert bekommt, beide zu ihm, Pfund schauen und der treue Glauben sich ins Abseits begibt. Ein kurzer Blick in die Richtung des Abgangs des treuen Glaubens gibt Pfund die Gewissheit, dass auch Frédéric Schönenberger, der Schöne Fredi von ALTER KLEISTER bereits vor Ort ist. Pfund wundert sich längst nicht mehr, dass die Medien, wenn sich etwas ereignet, meist vor ihm vor Ort sind.

Pfund bewegt sich hin zum Polizisten, der auf ihn wartet. Im Halbkreis der Zuschauer bildet sich wie von selber eine Gasse, durch die Pfund den ihn erwartenden Polizisten ohne Behinderung erreicht. Seine Leute der Spurensicherung sind bereits am Werk und errichten ein Schutzzelt um das Opfer. Die Streifenpolizisten haben den zu dieser Abendstunde mässigen Fahrzeugverkehr über den flusswärts liegenden Fussgänger-Gehsteig umgeleitet. Offensichtlich waren die Automobilisten, die als Zeugen in Frage kommen, gebeten, bis zu seinem, Pfunds Erscheinen, brav auszuharren. Der Polizist und einer von Pfunds Mitarbeitern der Spurensicherung informieren Pfund flüsternd über die bisherigen Erkenntnisse, teilen ihm mit, dass der Glaubtreu von Tele Langi frech vorgedrungen, dann verjagt worden sei. Weisen darauf hin, dass jener Mann dort, Men Danneisen, der Sicherheitsbeauftragte des Amtshauses Eichenviertel sei, der sich bereit erklärt habe, bei der Spurensicherung auszuharren und für Auskünfte bereit zu stehen, bis es nicht mehr notwendig sei. Dass jene hagere, alte Dame die Polizei benachrichtigt hatte. Und dass auf dem Podest vor dem Eingangsportal Regierungsrat Fiedler und Cäsar Plattmann, der Chef des Amtes, dessen Mitarbeiter das Opfer sei, stehen. Jedoch noch nicht angesprochen worden seien. Dass die Personalien der Fahrer des Unfallwagens und der dem Unfallwagen nachfolgenden Fahrzeuge aufgenommen seien. Der Lenker des Unfallwagens und dessen Beifahrerin hätten zwar ausgesagt, sie hätten den Eindruck bekommen, so etwas wie einen Fussball sei auf die Kühlerhaube ihres Renault Scenic geflogen und abgeprallt. Die übrigen Wagenlenker und Beifahrer hätten unisono ausgesagt, nicht mitbekommen zu haben, was den plötzlichen Stopp des Unfallwagens verursacht habe. Der Gerichtsmediziner Alfonsini habe mitgeteilt, er könne erst später am Unfallort eintreffen.

Pfund hört sich alles ruhig an. Er informiert seine Leute, dass Untersuchungsrichter Güldinger leider verhindert sei und er ihn vertrete. Bedankt sich bei allen für ihren Einsatz. Geht zum Zelteingang. Einer der Spurensicherung hält die Blachenenden auf. Pfund steckt seinen Kopf ins Zeltinnere. Es verschlägt ihm beinahe den Atem. Ein fürchterlicher Gestank schlägt ihm entgegen. Der Anblick, der sich ihm bietet, ist nicht, wie erwartet, unappetitlich, sondern richtiggehend grauselig, als ob jemand es darauf abgesehen hätte, zufälligen Zaungästen das Grausen beizubringen. Den vor den Vorderrädern des Fahrzeugs in einer Blutlache liegenden Körper mit dem schrecklich hergerichteten Gesicht empfindet er spontan als übertrieben theatralisch und künstlich, bis sein Verstand wieder einsetzt und er sich erinnert, das hier ist blutiger Ernst. Er zieht seinen Kopf zurück, vergewissert sich, dass jemand hier Wache hält, bis Alfonsini eintrudelt. Die Verspätung Alfonsinis ist nicht tragisch. Davonrennen kann die Leiche nicht. Pfund entfernt sich, um weiter seiner Pflicht zu walten.

Pfund nimmt wahr, dass im Abseits, auf dem Fussgängergehsteig unter einem Baum, der treue Glauben, Urs Glaubtreu von Tele Langi, und der schone Fredi, Frédéric Schönenberger von ALTER KLEISTER, voll am Werk sind, jemanden offensichtlich interviewen, filmen und abknipsen. Er muss unbedingt wissen, was sich dort tut. Ohne auf sie zu achten, streift er im Vorbeigehen die ältere, hagere Dame, die sich ihm unbemerkt in den Weg geschoben hat und die die Polizei benachrichtigt haben soll. Die Dame zupft Pfund am Ärmel und haut ihn an.

„Herr Pfund. Ich bin Rautigunde Blaschkus. Die Frau von Dr. Heribold Blaschkus, dem ehemaligen Präsidenten des Distriktsverwaltungsgerichts Langwardia. Wir kennen uns. Sie erinnern sich wohl kaum an mich. Als bei uns in Finkenweiler die Leiche der Elvira Kuhn Zwigart …"

„Ach, diese unselige Geschichte. Vor Jahren. Ja, ja. Wir sind ihnen zu Dank verpflichtet, dass sie heute sogleich die Polizei benachrichtigt haben. Mein Kollege hat ja ihre Personalen aufgenommen. Was haben sie gesehen?"

„Ich habe einfach rumgeschaut, nichts Besonderes wahrgenommen, bis ich mit dem Kopf beinahe in die Windschutzscheibe geflogen bin, weil mein Heribold so abrupt bremste …"

Pfund schüttelt Frau Blaschkus freundlich, aber bestimmt ab und erreicht endlich den Baum, unter dem der treue Glauben und der schöne Fredi stehen. Der treue Glaube seine Kamera einpackend. Der andere seinen Schreibblock in seiner Umhängetasche verstauend. Vom jungen Mann, den sie interviewt hatten, sieht er bloss noch die Absätze von dessen Schuhen. Dieser eilt von dannen.

„Herr Pfund, so ein Jammer," empfängt der treue Glauben Pfund und grinst ihn an. „Wir hatten Lisi Schaffner noch bearbeitet, zu bleiben, bis sie als Polizeidetektiv mit ihm geredet hätten, doch bereits bei unserem Interview ist er nervös von einem Fuss auf den andern getreten. War offensichtlich sehr in Eile. Er war Passant auf dem Allmendquai und hat zufällig gesehen, wie ein Körper vor der Holzbaracke niedersaust, just vor die Räder dieses roten Renault Scenic. Dann hat er gesehen, wie auf dem Balkon dort oben, vor den Fenstern, wo das Licht brennt, im obersten

Stock ein Typ stand, die Arme ausgebreitet, als ob er soeben ein Meisterwerk vollbracht habe. Den Typ schildert er als sehr wahrscheinlich noch jungen Mann, mit wildem, blondem Lockenkopf. Gekleidet in ein blau-grün kariertes Holzfällerhemd. Hier, ich notiere ihnen Namen und Adresse dieses Zeugen. Mein Bericht und damit auch die Schilderung von Lisi wird über Tele Langi in zirka einer Stunde als Aktualität auf dem Netz zu sehen sein."

„Lisi?"

„Alois Schaffner. Stellte sich als Lisi vor. So sind die jungen Leute. Ich bin sicher, dass sie ihn morgen problemlos werden erreichen können."

Der schöne Fredi steht grinsend daneben. Pfund weiss, dass er aus den beiden nichts weiter herausquetschen kann. Er denkt, die Menschen erzählen Märchen. Meist ohne es zu wollen. Weil sie kopflos nachplappern, was sie sich selber oder andere ihnen einreden. An ihm liegt es, die Tatsachen dieses Fenstersturzes herauszuschälen.

Pfund peilt Fiedler und Plattmann an, die auf der Plattform vor dem Eingang Amtshaus Eichenwald stehen, wie Wächter, die über das Geschehen draussen wachen. Dabei zieht für einen Augenblick das Graffito, die Schmiererei des Schmiertinks, den Blick Pfunds an. Das Graffito, das er nicht übel findet, setzt seit drei Tagen die Gemüter der Bewohner Langwardias in Wallung und hat seinen Freund Bobby Renner, den er morgen treffen wird, den Kragen, das heisst, seinen Job gekostet. Genug Graffito, diesen unerwarteten plaisir des yeux, den der Zufall in der Stadt einem plötzlich zuspielt und die Sinne weckt. Gleich wird Pfund den beiden ultimativen Promis Langwardias gegenüberstehen. Pfund springt die drei Stufen rauf. Pflanzt sich strahlend auf vor den beiden Herren mit dem demonstrativ magistralen Gehaben, als ob sie über dem Gewusel der gewöhnlichen Leute schwebten. Streckt ihnen seine Hand zum Gruss entgegen, als ob er sie mit diesem Handgriff in die Wirklichkeit zurückholen wollte.

„Polizei-Detektiv Pfund, wenn sie gestatten …"

„Wir warten auf Herrn Staatsanwalt Dr. Dr. hc. Güldinger, der mit der Untersuchung dieses unglückseligen Unfalls beauftragt ist" presst Fiedler mit nasaler Stimme hervor und streift Pfund mit einem herablassend abwertenden Blick.

„Herr Güldinger ist leider, leider verhindert. Kann heute nicht hier erscheinen. Ich bin sein Mitarbeiter. Ich vertrete ihn heute. Sie müssen wohl oder übel heute mit mir Vorlieb nehmen. Herr Dr. Dr. hc. Güldinger wird sich bestimmt später mit ihnen in Verbindung setzen. Es wird ihm eine Ehre sein …"

Plattmann grinst bei den Worten Pfunds über das ganze Gesicht. Ergreift mit beiden Händen Sepp Pfunds Hand zum Gruss. Wird sich sogleich wieder der Ernsthaftigkeit der Situation bewusst. Richtet sich auf. Setzt eine Trauermiene auf. Murmelt wie nebenher, „Schrecklich, nicht wahr! Florindo Andreoli ist ein von mir sehr, sehr geschätzter Mitarbeiter. Unbegreiflich, dass er bloss vierundzwanzig Jahre alt werden durfte. Herr Regierungsrat Fiedler und ich haben gerade gesagt, dass wir von den Geschehnissen nicht das Geringste mitbekommen haben. Erst als das Cis-Gis-Horn des Streifenwagens just vor unserem Gebäude hielt, wurden wir darauf aufmerksam, dass sich etwas ereignet haben musste. Wir beide werden ihnen leider nicht weiterhelfen können. Ich befand mich zur Zeit des Vorfalls im Büro von Herrn Regierungsrat Fiedler. Zu einer

dienstlichen Besprechung. Sie müssen wissen, dass unsere an
einander grenzenden Amtsräume durch feste Mauern
abgetrennt sind und separate Eingänge haben, die mit den
Lifts verschiedener Lifthäusern zu erreichen sind. Die
Direktion von Herrn Regierungsrat Fiedler durch das
Lifthaus rechts vom Empfang, wenn sie das Gebäude
betreten. Meine HoGeRaLa durch das Lifthaus links. Sie
wünschen bestimmt unsere Büroräumlichkeiten und vor
allem den Arbeitsplatz von Herrn Andreoli zu sehen."

Pfund ruft ein paar Leute der Spurensicherung zu
sich und eröffnet ihnen, sie würden nun ins Innere des
Gebäudes gehen, um den Arbeitsplatz des Opfers und das
geöffnete Fenster, sowie den Balkon auf Spuren zu
untersuchen. Er achtet nicht darauf, dass Danneisen sich
seinen Leuten wie selbstverständlich anschliesst.

Ein letzter Blick Pfunds nach draussen. Der
Fassade empor, hin zum Zelt. Dass einer unbedingt von dort
nach da knallen soll, kann Pfund sich mit physikalischen
Gesetzen beim besten Willen nicht erklären. Die Geschichte
mit dem Fenstersturz scheint ihm verdammt abenteuerlich.

Der Gang ins Innere 20 Uhr 17

Kaum im Gebäude drin, lassen die beiden hohen
Herren ihre magistralen Fassaden fallen und geben sich, sehr
zur Erleichterung Pfunds, äusserst menschlich. Sie steuern
auf das Lifthaus links zu. Plattmann drückt einen Knopf, um
einen Lift zu rufen. Während des Wartens lächeln sie sich
freundlich zu. Plattmann gibt den leicht hinter ihnen
wartenden Leuten von der Spurensicherung per

Handzeichen zu verstehen, dass sie, Fiedler, Plattmann und Pfund, den ersten Lift nehmen würden und sie, die anderen, auf einen weiteren Lift, der bald kommen werde, warten sollten.

Beide Gruppen erreichen den fünften Stock beinahe zur selben Zeit. Plattmann steuert am nun nicht mehr bedienten Empfangsschalter der HoGeRaLa-Kanzlei vorbei zur Eingangstüre in die geweihten Räume, hält seinen Badge an das Kästchen der Schliessanlage, grinst allen lustig zu, als ein entsprechender Pfeif- oder Klingelton das Zeichen gibt, dass die Türe nun entriegelt ist, hält den Wartenden die Türe auf, betritt als Letzter den endlosen Amtskorridor, rennt schnell an die Spitze, um den Leuten von der Spurensicherung voran zu gehen durch den endlosen Amtskorridor, der zu beiden Seiten von Bürotüren gesäumt ist, erst nach langer Strecke eine Biegung hat, wo ein Wandelement sichtbar ist, doch dem Amtskorridor entlang noch immer beiderseits Bürotüren sind. Kurz vor Erreichen der Wand zeigt Plattmann auf eine Bürotüre. Dies sei das Büro mit vier Arbeitsplätzen, wovon einer, der erste Arbeitsplatz hinten rechts, der von Herrn Andreoli sei.

„Sehen sie sich ungeniert um. Wir sind in meinem Büro. Die zweite Türe. Direkt vor der Wand. Das ist mein Büro. Gleich die nächste Türe geht zum Büro meiner Vorzimmerdame, Nora Eidenbenz. Sie ist selbstverständlich jetzt nicht mehr da. Falls sie Fragen haben, wir sind in meinem Büro. Kommen sie ungeniert …"

Pfund staunt, wie souverän und irgendwie sympathisch der von den Medien und seinen Gegnern so verteufelte Plattmann in der Wirklichkeit beim Zusammensein ist. Auch Fiedler zeigt sich von einer total menschlichen Seite, ist keineswegs der überhebliche Kotzbrocken, als der er von seinen Gegnern gerne dargestellt wird. Kaum sind sie drei, Plattmann, Fiedler und Pfund, in Plattmanns Büro, wendet Fiedler sich, mit einem entschuldigenden Blick zu Pfund hin, Plattmann zu.

„Falls du, Cäsi, Herrn Pfund allenfalls fragen möchtest, ob du dich zurückziehen darfst, wird er bestimmt einverstanden sein. Und du erwischst zumindest noch den zweiten Teil des Balletts. – Sie müssen wissen, Herr Pfund, Herr Plattmann hat zusammen mit seiner Verlobten, Charlotte Muntwiler, das Premieren-Abonnement im Opernhaus Langwardia. Heute ist Premiere von Dornröschen. In den ersten Teil schafft er es nicht mehr. Dieser hat bereits begonnen. Doch zur Pause und in den zweiten Teil schafft er es locker. Ich kann Herrn Pfund gut alleine Auskunft geben. Schliesslich haben wir, Herr Plattmann und ich, in einer wichtigen Angelegenheit zusammengesessen ...“

Plattmann winkt ab. Unbemerkt sind die Herren der Spurensicherung, im Schlepptau von Danneisen, in Plattmanns Büro getreten und warten diskret im Hintergrund ab, bis sie ihr Anliegen vorbringen können.

„Meine liebste Charlotte wird es uberstehen, das Ballett ohne mich zu geniessen,“ seufzt Plattmann theatralisch-dramatisch.

„Zu ihrer Information, Herr Pfund, bevor die Tatsache des Unglücks bekannt wurde, hatten Plattmann und ich eine wichtigste Besprechung und sind zusammengesessen“, ergreift Fiedler das Wort. „Was geschehen ist, wir haben nichts davon mitbekommen. Ich habe das Opfer, diesen Herrn Andreoli, nicht gekannt.“

Nach seinen Worten trifft der, wie Pfund annimmt, mit Bestimmtheit vielbeschäftigte Fiedler keine Anstalten, sich zurückziehen zu wollen oder müssen. Plattmann beschreibt Andreoli als sehr geschätzten und sehr guten Mitarbeiter. Hier am Arbeitsplatz habe er zuverlässig und unauffällig seine Arbeit erledigt. Über das Privatleben seiner Mitarbeiterinnen und Mitarbeiter sei er kaum informiert und könne daher zu seinem Bedauern nichts dazu sagen.

Bevor Pfund papp sagen und seine Befragung beginnen kann, sagen Plattmann und Fiedler ihm alles, was er sie fragen wollte, und geben sich gegenseitig auch ein hieb- und stichfestes Alibi. Während er mit einem Lächeln und einem Kopfnicken sich für die Offenheit der hohen Herren bedankt, denkt er, wie es so seine Art ist, vorausgesetzt, es stimmt, was sie sagen. Dann informiert er die beiden Herren, er wolle sie nicht weiter strapazieren – was beide Herren mit Lächeln und Kopfschütteln quittieren – und möchte sich auf eigene Faust ein Bild der Örtlichkeit machen.

„Erlauben sie, dass ich mich frisch und frei meiner Nase nach in den Räumlichkeiten ihrer Kanzlei herum bewege?"

Als Pfund sich umwendet, bemerkt er die bei der Bürotüre wartenden Leute der Spurensicherung und Danneisen. Er fragt sich, wie lange wohl insbesondere Danneisen schon dagestanden und ob er etwas von den Aussagen von Plattmann und Fiedler mitbekommen hat.

Die Spurensicherer wollen als Nächstes den Balkon inspizieren, der anscheinend eine Rolle gespielt haben könnte und der ausschliesslich vom Büro Plattmann zu betreten ist.

„Und von meinem Büro", wirft Fiedler ein. „Über den Balkon können Plattmann und ich uns besuchen. Zwischen dem linken und dem rechten Gebäudeflügel und damit zwischen den Amtsräumen meiner Direktion und den Kanzlei-Räumen von Plattmann ist eine Trennwand, eine Brandmauer. Doch über den Balkon können Plattmann und ich uns mühelos besuchen, nicht wahr, Cäsi?"

Pfund schlendert alleine, unbehelligt von den andern, durch den endlosen Amtskorridor. An unzähligen Bürotüren vorbei. Neben denen jeweils hübsche Schildchen angebracht sind mit den Namen der Mitarbeiterinnen und Mitarbeiter, die im jeweiligen Büro ihren Arbeitsplatz haben. Er öffnet eine Türe ohne Schild. Der Raum, der sich ihm eröffnet, ist klar eine Cafeteria. Eine hübsch eingerichtete Cafeteria. Salontische, Fauteuils. Hohe Tische, Barhocker. Eine Küchenkombination an einer der Schmalseiten, mit Kaffeemaschine, Kühlschrank, Mikro-Ofen, Kochplatten, Abwaschtrog. Er entdeckt den Lichtschalter, drückt den Knopf, macht Licht. Sein Blick fällt als erstes auf zwei Gläser, kleine Weinkelche, Weisswein-Gläser, die im Abwaschtrog stehen. Plattmann verwöhnt seine Leute, denkt Pfund spontan. Nobel muss die Welt zu Grunde gehen. Pfund entgeht nicht, dass die Gläser noch feucht sind. Er riecht daran. Sie riechen neutral. Wurden wohl erst kürzlich abgespült.

Pfund verlässt die Cafeteria. Öffnet die nächste Türe. Ebenfalls eine Türe ohne Schild. Tritt in einen Raum, in dem es schrecklich nach Zigarettenrauch stinkt. Der auch über eine Spezialbelüftung verfügt. Und von dem eine offene

Türe in einen gefangenen Raum führt. Einen Abstellraum. Hier entdeckt er auf einem niederen Schrank ein kleines Weingestell, für zehn, zwanzig Flaschen. In einem Karton lagern geleerte Flaschen. Er zieht aufs Geratewohl die zuoberst liegende Flasche raus. Etikett besagt Chasselas-Wein. Die Flasche riecht noch streng nach Wein. Wurde wohl kürzlich erst geleert. Zum Vergleich riecht er noch an anderen leeren Flaschen, die weniger ausgeprägt riechen. Der Vorrat besteht aus Chasselas- und Marques de Caceres-Wein. Dieser Abstellraum ist unbeheizt. Pfund geht nochmals zurück in die Cafeteria. Öffnet dort den Kühlschrank. Sieht in der Türe zwei volle Flaschen Chasselas stehen.

Im endlosen Amtskorridor stösst Pfund auf Fiedler und Plattmann. Diese fragen ihn, ob er sie noch benötige. Pfund verneint. Er informiert, dass er morgen nochmals in der Kanzlei aufkreuzen werde, um das Personal über den Verunfallten zu befragen.

„Werden sie, Herr Pfund, die Eltern von Herrn Andreoli benachrichtigen. Die ärmsten Eltern, es wird sehr schwer für sie sein. Ich beneide sie nicht, Herr Pfund."

Die Spurensicherung entdeckt auf dem Balkon etliche Fuss- und Gewebespuren. Dazu Zigarettenstummeln. Fuss- und Gewebespuren findet sie auch im Fensterbereich und auf dem Fenstersims des Fensters, das, wie von unten beobachtet, offen steht und zum Viererbüro gehört, in dem das Opfer seinen Arbeitsplatz gehabt hat. Die gefundenen Spuren können noch nicht zugeordnet werden. Pfund macht die Leute der Spurensicherung auf den feuchten Fleck auf dem Salontisch in Plattmans Büro aufmerksam. Bittet sie um Abklärung, um was für eine Flüssigkeit es sich handelt. Einer der Spurensicherer fährt mit einem Finger in den feuchten

Fleck, steckt den angefeuchteten Finger in seinen Mund und sagt grinsend, „klar Chasselas!".

Pfund und sein Trupp verlassen die Büroräumlichkeiten der HoGeRaLa-Kanzlei. Danneisen schliesst das noch geöffnete Fenster, schliesst alle offen stehenden Türen, löscht überall das Licht und begleitet Pfund und seinen Trupp nach unten. Pfunds Leute von der Spurensicherung verlassen das Gebäude. Danneisen möchte Pfund noch etwas erzählen. Tut sich schwer. Zögert und kommt erst zum Wesentlichen, nachdem sein Mundwerk und sein Kopf sich etwas entspannen und er Zutrauen zu Pfund findet.

„Nicht dass sie glauben, ich sei ein Kontrollfreak und würde alle aus Spass ausspionieren. Wie sie sehen, habe ich hier an meinem Arbeitsplatz unzählige Monitoren. Ja, ja, die Technik hat es in sich. Da, das ist der Eingangsbereich. Jeder beliebige Zeitpunkt. Da, da, da! Das wollte ich ihnen zeigen. Hier, um 18 Uhr 37 verlassen zwei Typen das Gebäude, gehen durch die Eingangshalle. Von meinem Platz aus, wenn ich mich beeile, kann ich den Leuten in den Weg treten, bevor sie das Portal erreicht haben. Diese zwei Typen mit Kapuzenjacken kamen mir verdächtig vor. Hier arbeiten in der Regel anständig gekleidete Leute. Bloss der Publikumsverkehr, na ja, da gibt's echt schräge Vogel. Was auf diesen Ämtern alles so vorspricht. Ich trete den beiden Gestalten in den Weg, erkenne beide und es ist mir echt peinlich, dass ich sie verdächtigt habe und sie es mitbekommen. Es war – seltsam, aber ich schwöre, so war es – das Opfer, dieser junge Mann, und Felber. Luzi Felber. Ihn kenne ich namentlich. Ein Jurist der HoGeRaLa-Kanzlei. Er kümmert sich im Auftrag Plattmanns um gewisse Dinge des Sicherheitsdispositivs und daher lernte ich ihn persönlich kennen, kaum wurde das Gebäude bezogen. Heute – also kurz vor dem Unfall – wunderte ich mich, dass er, dass beide schwarze Kapuzenjacken tragen, als sie gemeinsam das Gebäude verlassen. Das Opfer ist ein Paradiesvogel, immer farbig, sehr auffällig angezogen. Wenn sie mich fragen, so wie sein Gang war und seine Kleider, klar vom anderen Ufer. Und Luzi Felbers Markenzeichen sind sein blonder Lockenkopf und ein blau-grün kariertes Holzfällerhemd. Von diesen Hemden muss er unzählige besitzen. Immer trägt er diese blau-grün karierten Holzfällerhemden. Darüber einen flatternden Lammfellmantel. Wenn sie mich fragen, so ein Alternativer, ein Weltverbesserer. Doch sehr, sehr nett und sympathisch. Gar nicht eingebildet. Und was ich ihnen noch zeigen wollte … Ich habe es auch zufällig gesehen. Wie überhaupt zufällig ist, auf welchen Monitor ich gerade schaue, wenn ich zufällig an meinem Arbeitsplatz sitze. Um 18 Uhr 51 hat Fiedler, Herr Regierungsrat Fiedler, da, klar zu erkennen, die Büroräumlichkeiten der HoGeRaLa-Kanzlei durch den normalen Empfangsbereich betreten und der, der ihm die Türe öffnet, ist der Mitarbeiter der HoGeRaLa-Kanzlei, den sie Mister Pepsodent nennen, weil er immer mit fletschenden Zähnen lächelt. Wie er tatsächlich heisst, weiss ich nicht, doch Felber hat mir einmal erzählt, dass Mister Pepsodent – wir hatten uns gerade im Eingangsbereich unterhalten und er war vorüber gegangen – sein Kollege sei, und was für einer. Dabei hatte Felber seine Augen ganz gewaltig verdreht. Und – ich gestehe es ungern, doch ich bin etwas neugierig – weil mich interessierte, was Fiedler und Mister Pepsodent zu dieser für Büros späten Stunde machen, habe ich die bewegliche Kamera etwas bewegt und bin den beiden durch den endlosen Amtskorridor gefolgt, bis sie in ein Büro, ich nehme an, Mister Pepsodents Büro verschwunden sind. Weil ich gerade nichts zu tun hatte und um diese Zeit sowieso nichts los ist, habe ich die Kamera auf dieser Position belassen, um zu sehen, wann Fiedler dieses Büro wieder verlässt. Dann werde ich vom Cis-Gis-Horn des Fahrzeugs aufgeschreckt. Renne raus, sehe, dass das ja der Paradiesvogel ist, der da … Renne zurück an meinen Arbeitsplatz, vergewissere mich, dass Plattmann offensichtlich gemäss Schliessanlage noch in seinem Büro sein sollte, da er noch nicht ausgecheckt hat. Rufe Plattmann an. Informiere ihn, dass einer seiner Mitarbeiter und so weiter … Und dann, ich bleibe noch einen Moment sitzen, um mich von dem grässlichen Anblick am Unglücksort zu erholen. Unbewusst klebt mein Blick wieder an diesem Monitor und da sehe ich, wie Fiedler, hier, hier, sehen sie, jetzt habe ich es wieder erwischt, wie Fiedler, sein Handy am Ohr aus diesem Büro eilt und in diese Richtung geradezu rennt. Und diese Richtung führt zu Plattmanns Büro. …"

Pfund schüttelt seinen Kopf und schüttelt die Hände von Danneisen. Mit seinen Beobachtungen habe er ihm weiter geholfen. Falls neue Fragen auftauchen, werde er sich bei ihm melden. Falls ihm, Danneisen, noch weiteres einfalle, sei hier seine Telefonnummer. Pfund überreicht Danneisen beim Abschied seine Visitenkarte.

Draussen ist die Schar der Gaffer weg. Es ist soweit Ruhe eingekehrt. Zwei der Kollegen stehen neben dem Zelt vor dem roten Renault Scenic, bei einem der Alleebäume, unterhalten sich, grätschen Arme und Beine, um nicht zu frieren, und rauchen. Sie melden Pfund, dass sie noch immer auf Alfonsini warten.

„Verpasst ihn bitte nicht, wenn er dann endlich auftaucht. Noch viel Spass", ruft Pfund den Kollegen zu und macht sich auf den Weg, die ihm widerliche Aufgabe zu erfüllen, den Eltern den Tod ihres geliebten Sohnes zu eröffnen.

TV-Aktualität 21 Uhr 12

Während Pfund auf das Tram Nr. 2 wartet, checkt er auf seinem iPad mini, ob Tele Langi bereits einen Bericht über den Fenstersturz geschaltet hat. „Schau, schau, schau, der treue Glauben berichtet schneller, als er denken kann", bläst Pfund stumm in einem Pfiff durch seine Zähne. Schaut sich den Bericht an.

Der Bericht dauert drei Minuten zwölf Sekunden.

Die Kamera fährt über den Allmendquai, in der Mitte die Absperrung, das Schnellbauzelt, das Blinklicht eines quer vor dem Zelt stehenden Polizeiwagen, die links und rechts an der Absperrung durchfahrenden Autos, von denen im Wesentlichen in der Dunkelheit nur zwei grell blendende Scheinwerferaugen wahrgenommen werden. Schwenkt dann zum toll gestylten Bereich des Eingangsportals mit der Beschriftung Amtshaus Eichenviertel, zum Marmor-Rhombus mit dem Graffito und dann die Fassade empor bis zum Ende des Gebäudes, wo auf ein offenes Fenster gezoomt wird. Im Bild dann eine Brustaufnahme vom treuen Glauben, der berichtet, aus dem Amtshaus Eichenviertel, das erst seit drei Monaten bezogen sei, hätte ein Fenstersturz stattgefunden, mit grösster Wahrscheinlichkeit aus dem Büroräumlichkeiten des HoGeRaLa, was das offen stehende Fenster vermuten lasse. Tele Langi sei wenige Minuten nach dem Ereignis an Ort und

Stelle eingetroffen und habe gleich einen Augenzeugen sprechen können.

Im Bild nun Lisi Schaffner. Ein unauffälliger junger Mann. Um den Hals ein wollenes, olivfarbenes Halstuch mehrfach gewickelt. Abgeschossener Dufflecoat Mantel. Eine blaue Strickmütze tief über die Ohren gezogen, doch die Stirne frei lassend. Dreitagebart. Grosse, blitzende, dunkle Augen. Während des Sprechens steigen bei der tiefen Temperatur helle Dampfschwaden aus dem Mund. Schaffner gestikuliert mit den Händen. Er trägt schwarze, gestrickte Handschuhe.

„Zufällig, also, absoluter Zufall, schaue ich im Vorbeigehen da rauf. Und was sehe ich?! Ich sehe, wie ein Mensch von jenem Balkon dort geflogen kommt. Ich denke, mir steht das Herz still oder ich träume oder sonst etwas. Eine solche Situation, ich schwöre ihnen, man kann nicht glauben, dass sie real ist. Da kommt ein Mensch geflogen. Die erste Reaktion, renn hin und fang ihn auf, rette dieses Leben. Doch du stehst wie ein Ölgötze da, bist gelähmt und starrst hinauf. Und dein Blick bleibt an dieser Gestalt hängen, die auf dem Balkon steht. Eine Gestalt mit ausgebreiteten Armen. Arme, die ausgestreckt sind, als ob sie segnen würden. Doch weiss man, dass diese Arme, die nun so harmlos in einer Geste ruhen, soeben noch den fallenden Mann über die Brüstung befördert hatten. Der Bruchteil eines Augenblicks bloss, doch die Gestalt prägt sich ein: blonder Wuschelkopf und blau-grün kariertes Holzfällerhemd. Dahinter grinsend, mit breitem Grinsen, Iwan der Schreckliche. Denn der Blick bleibt nicht an dieser Schreckgestalt hängen, deren hämisches Grinsen in ein gackerndes Lachen in deinem Ohrenkanal entfacht, so dass du zusammenzuckst und wieder bei der fallenden Gestalt bist, die nun auf den Asphalt knallt, mit unerhört lautem Knall, einem Knall, der dir beinahe das Trommelfell zerreisst, es dich schmerzhaft spüren lässt, obwohl du weisst, der Knall des Aufpralls war nur dumpf gewesen, kaum hörerbarer als ein beiläufiges Ploppp. Dann die Bremsen der Autos, das Geschrei, der Trubel."

Das Bild Schaffners wird ausgeblendet. Wieder ist der treue Glauben im Bild. Er beschliesst den Beitrag, dass der Bericht des Augenzeugen ein Gewaltverbrechen nicht ausschliessen lasse. Zudem sei von bestens informierter Seite unmissverständlich angedeutet worden, dass beim HoGeRaLa – wie man so schön sage – seit längerer Zeit die Scheisse am Dampfen und es bloss eine Frage der Zeit sei, bis die Sache hochgehe. Tele Langi werde dranbleiben und berichten, sobald neue Erkenntnisse vorhanden seien. Die am Unfallort anwesenden Herren, Regierungsrat Fiedler und Herr Plattmann, Präsident des HoGeRaLa, seien zu Kommentaren noch nicht bereit gewesen. Doch lasse ihre Anwesenheit darauf schliessen, dass sie in das Ereignis involviert seien. Während dieser Worte schwenkt die Kamera auf in der Dunkelheit etwas im Abseits stehende Gestalten und zoomt zwei Männer heran, die klar als Fiedler und Plattmann zu erkennen sind. Zum Abschluss wieder der treue Glauben. „Für Tele Langi ihr Urs Glaubtreu."

Pfund schaut auf seinem iPad mini nach, ob die HoGeRaLa über eine eigene Webseite verfügt. Verfügt sie. Unter dem Stichwort Team sind die Behördenmitglieder und alle Mitarbeiterinnen und Mitarbeiter namentlich und mit Fotos aufgeführt. Ein Foto zeigt ein fröhliches Gesicht, eingerahmt von einem blonden Wuschelkopf mit Hals, der in einem grün-blau Karierten Holzfällerhemd steckt. Der Name des Mitarbeiters der HoGeRaLa-Kanzlei, Dr.iur. Luzi Felber.

Unglücksengel 21 Uhr 33

Die üblichen Fragen, die Pfund sich stellt, wenn er als Unglücksengel walten muss. Werden sie mir die Türe öffnen? So spät am Abend. Wie reagieren sie, wenn ich mich als Polizist ausweise? Ist überhaupt jemand zuhause? Was für eine Situation treffe ich an? Und immer das Bewusstsein, dass er Überbringer einer Hiobsbotschaft ist. Vielleicht gleich erschlagen wird. Mit solchen Übertreibungen versucht Pfund die heilige Scheu vor solchen Auftritten zu verjagen, um möglichst normal aufzutreten.

Eine Mietwohnung in einem Quartier, wo die Genossenschafts-Mehrfamilienhäuser wie Kraut aus dem Boden geschossen sind. Ruhige Wohnlage, Grünflächen zwischen den einzelnen Bauten und Kinderspielplätze. Unterer Mittelstand. Bürgerlich. Gepflegt.

Ein schwerer Mann, hinter dessen Rücken eine Frau mit streng ondulierter Frisur hervorguckt, öffnet die Türe. Pfunds Frage, ob er Herr Andreoli sei, bejaht er mit Kopfnicken. Pfund weist sich als Polizist aus und sagt, er komme wegen Florindo. Ob er eintreten könne. Er nimmt wahr, dass der Mann die Mitteilung gelassen und mit einem vagen Anflug von Ekel, die Frau mit vor Schrecken weit aufgerissenen Augen entgegennimmt. Kaum hat er sie über den Fenstersturz ins Bild gesetzt, umarmt die Frau ihren neben ihr auf dem Sofa sitzenden Mann. Im Türrahmen taucht eine junge Frau auf, die Pfund als Tochter des Ehepaares und Schwester des Opfers annimmt.

Auf der auf Hochglanz polierten Biedermeierkommode aus Nussholz mit hellen Intarsien nimmt Pfund neben einem silbernen, fünfarmigen Kerzenleuchter ein Familienfoto in einem schlichten Silberrahmen wahr, eine idyllische Familie: Vater, Mutter, Tochter und Sohn. Herr Andreoli bekommt mit, wie der Blick Pfunds kurz an diesem Bild haften bleibt.

„Wir sind eine glückliche Familie. Waren eine glückliche Familie. Eine ganz normale Familie mit zwei Kindern, auf die wir stolz sein können."

„Ihr Sohn liegt auf der Gerichtsmedizin. Sie werden ihn dort identifizieren müssen, morgen, so sind die Formalitäten."

Beide Eltern sitzen regungslos auf dem Sofa. Die Frau beginnt mit dumpfer Stimme zu sprechen. „Entschuldigen sie, dass ich nicht weinen kann. Mir kommt alles wie ein böser Traum vor und ich kann nicht glauben, dass mein Florindo - . Ich bin so dumm und stelle mir vor, er wird jeden Augenblick durch diese Türe hereinkommen und fröhlich rufen, Aprilscherz, Aprilscherz!"

Pfund informiert die Eltern und die Schwester auch darüber, dass über die Ursache des Fenstersturzes noch nichts gesagt werden könne. Die Untersuchung laufe. Suizid, Unfall oder ein Gewaltverbrechen. Vater Andreoli sagt mit in die Ferne gerichtetem Blick, Florindo sei seit einiger Zeit wegen schwerster Depressionen in psychiatrischer Behandlung. Er könnte sich einen Suizid durchaus vorstellen. Er sei ein Träumer mit fantastischen Vorstellungen, die mit der Wirklichkeit nichts zu tun hätten. Deshalb habe er auch keine anständige Ausbildung, habe nicht studieren wollen, habe gejobbt und seinen Weltschmerz gepflegt. „Ich muss ihn sehen!", sagt Vater Andreoli und schluchzt auf.

Mutter Andreoli fügt hinzu, der über alles geliebte Florindo sei so verschlossen gewesen. Sie hätten nicht gewusst, was in ihm vorgehe.

„Es fällt mir schwer, über seine Depression zu sprechen. Was haben wir falsch gemacht. Sehen sie, das fragt man sich als Eltern immer. Haben sie Kinder? Lucia ist so gut herausgekommen. Macht nächsten Sommer das Abitur. Wird Volkswirtschaft studieren. Florindo, so ein hübscher Mann. Auf der Strasse haben sich Leute nach ihm umgedreht. Ich übertreibe nicht. Ein so hübscher Mann. Doch seine Depressionen. Die Krankenkasse hatte bloss einen Teil der Therapie bei Doktor Lattenbeck übernommen. Ein feiner Psychiater, dieser Doktor Lattenbeck! Wir haben den Rest bezahlt. Ja, man will ja sein Bestes für das eigene Kind. Man liebt eben sein Kind."

„Und was hat es letztlich genützt, herausgeworfenes Geld," wirft Sergio Andreoli hin und fängt einen strafenden Blick seiner Frau ein.

„Mein Mann hält nichts von Psychiatern. Er sagt, alles, was dabei rauskommt, ist, dass die Leute ungeniert über ihre Eltern herziehen dürfen, ja sogar aufgefordert werden, über die Eltern herzuziehen. Ja, Sergio, das hast du mehrmals gesagt. Da kannst du lange deinen Kopf schütteln und deine Augen verdrehen. Deine Worte schleckt keine Geiss weg. Lucia hat es ebenfalls gehört. Mehrmals sogar. Nicht wahr, Lucia? Hat er doch gesagt. Ja, ja, hast du gesagt!"

Pfunds Frage nach Beziehungen von Florindo, nach allfälligen Freundschaften, Feindschaften wird von den Eltern Andreoli mit Schulterzucken quittiert.

„Er war, wie ich schon gesagt habe," fügt Ruth Andreoli traurig und leise an, „so verschlossen. Alle Leute haben immer gesagt, ein so fröhlicher und zufriedener Mensch. Draussen war er fröhlich. Wenn diese Leute ihn nur einmal hier zuhause erlebt hätten! Verschlossen. Nichts hat er uns erzählt. Kaum befand er sich draussen in Gesellschaft, blühte er auf und - ."

Lucia Andreoli besteht darauf, Pfund zur Türe zu bringen. Sie begleitet ihn nach draussen. Sie seufzt und legt los.

„Seit über einem Jahr lebt er überhaupt nicht mehr hier. Er hat unser Gefängnis hier überstanden! Ist fein raus. Depression, dass ich nicht lache! Mama wollte ihn unbedingt von seinem Schwulsein befreien und zwang ihn, zum Psychiater zu gehen. Sie ist der festen Überzeugung, dass jemand ihn angesteckt hat und dass er unbedingt geheilt werden muss, weil er sonst für seine Sünde im Fegefeuer landet."

„Und der Vater, wie verhielt er sich?"

„Er spielt Tennis. Er ist ein Tennis-Crack. Super sportlich. Immer auf dem Tennisplatz. Sein Spruch, um solche Weiber rum muss ein Mann schwul werden. Mit dem Schwulsein von Florindo hat er kein Problem. Angeblich. Doch hat er ihn – davon bin ich überzeugt – im Innersten verachtet, nicht weil er schwul war, nein, weil er ein Schwächling und total unsportlich war, kein richtiger Junge. Brachte Florindo eine schlechte Note nachhause, wurde Papa total zynisch und hat Florindo fertig gemacht. Florindo ist, war ein Träumer. Klar, er war, wie Jungs eben sind, hat nie für die Schule arbeiten wollen. Mit Ach und Krach hat er das Abitur bestanden, nachdem er im letzten Semester noch ins Provisorium versetzt worden war. Papa hat Florindo angedroht, den Geldhahn zuzudrehen. Er bezahle ihn nicht fürs Faulenzen. Florindo solle sich gefälligst auf seinen Allerwertesten setzen und anständig lernen. Sonst werde er ihm die Hammelbeine schon gerade ziehen. Dabei ist, war Florindo kein Faulpelz. Irgendwie waren seine Antennen auf anderen Empfang gerichtet, als auf Schulwissen. Mir hatte Florindo es gestanden, doch unter dem Siegel der Verschwiegenheit, sein Traum war, Schauspieler zu werden. Hätte Papa davon gehört, wäre er total ausgeflippt. Hätte ihm eine geschmiert. Und geschrien, wir Andreolis sind anständige Leute. Kein Andreoli hat noch je Talent zum Schauspielern gehabt! Ich befehle dir, dir diese Idee aus deinem Kopf zu schlagen!"

„Hatten sie ein gutes Verhältnis zu ihrem Bruder?"

„Überhaupt nicht. Mir hat Papa immer alles durchgehen lassen. Papa denkt, eine Frau macht eine gute Partie. Eine höhere Ausbildung einer Frau ist Geldverschwendung. Studierte Frauen sind Blaustrümpfe und wollen alles besser wissen. Klar, er ist schon stolz darauf, dass ich es schaffe. Doch er hat es von mir nie erwartet. Florindo war zornig, dass Papa mir alles durchgehen lässt und ihn immer fordert."

Medienmitteilung um 21 Uhr 59

Regierungsrätliche Direktion & Hoher Gebirgsrat Langwardia

Regierungsrat Dr.iur. Iwan Fiedler und der Präsident des Hohen Gebirgsrats Langwardia (HoGeRaLa), lic.iur. Cäsar Plattmann, sind bestürzt über den Unfalltod eines Mitarbeiters des HoGeRaLa. Sie sprechen den Angehörigen des Opfers ihr zu tiefst empfundenes Mitleid aus. Die genauen Umstände des Unfalles konnten noch nicht geklärt werden. Die Ermittlungen laufen. Allfällige Augenzeugen sind gebeten sich beim Untersuchungsgericht Langwardia (Tel.: 747 238 67 67) zu melden.

Medienmitteilung 23 Uhr 33

Untersuchungsrichteramt Langwardia, der Untersuchungsrichter i.V. Detektiv Pfund

Aus dem Amtshaus Eichenviertel ereignete sich am frühen Abend des 5. Februar ein Fenstersturz auf den Allmendquai. Das Opfer ist ein junger Mann. Die genauen Umstände konnten noch nicht geklärt werden. Die Ermittlungen laufen. Allfällige Augenzeugen sind gebeten sich beim Untersuchungsgericht Langwardia (Tel.: 747 238 67 67) zu melden.

Ich wäre bereit, eine ganze Ewigkeit auf der Welt zu leben, wenn man mir vorher einen Winkel zeigen würde, wo kein Platz für Heldentaten ist.

Wenedikt Jerojejew, Die Reise nach Petuschki, Piper 1987

FREITAG 6. FEBRUAR 2015

Printmediale Neuigkeiten-Ausschüttung um 04 Uhr 30 (Auswahl)

ALTER KLEISTER. Illustrierte für die Familie

FENSTERSTURZ AUS DEM AMTSHAUS EICHENVIERTEL

Am frühen Abend des 3. Februar stürzte ein junger Mann aus einem Fenster des berüchtigten Amtshauses Eichenviertel, genannt Holzbaracke, und blieb mitten im Verkehr auf dem Allmendquai in einer Blutlache liegen, wo nur noch sein Tod festgestellt werden konnte. Ein glaubhafter Augenzeuge schildert in schillerndsten Farben, wie er den jungen Mann hat fallen sehen und wie auf dem Balkon des Amtshauses Eichenviertel ein Mann gestanden habe, der den jungen Mann mit grösster Wahrscheinlich über die Balkonbrüstung befördert habe. Die Beschreibung des Mannes auf der Balkonbrüstung im fünften Stock des Gebäudes ist derart frappant, dass er ohne weiteres identifiziert werden kann. Es handelt sich dabei mit grösster Wahrscheinlichkeit um einen Mitarbeiter der HoGeRaLa, dessen Präsident der umtriebige Cäsar Plattmann ist. Nachdem das Amtshaus Eichenviertel, Cäsar Plattmann als Präsident des HoGeRaLa und Regierungsrat Iwan Fiedler, zu dessen Direktion der HoGeRaLa gehört, in letzter Zeit oft ins Gerede kamen und überdies von bestens informierter Seite unmissverständlich angedeutet worden war, dass beim HoGeRaLa – wie man so schön sage – seit längerer Zeit die Scheisse am Dampfen und es bloss eine Frage der Zeit sei, bis die Sache hochgehe, müssen das Volk und die Öffentlichkeit auf einer Klärung bestehen, wie es zu diesem Fenstersturz ausgerechnet aus dem Amtshaus Eichenviertel kommen konnte. Eine lückenlose Klärung ist auch im wohlverstandenen Interesse von Regierungsrat Fiedler, Präsident Plattmann und der öffentlichen Verwaltung Langwardias, damit das Vertrauen der Bevölkerung in ihre Regierung und Politiker nicht weiter erschüttert wird.

Die Titelseite von ALTER KLEISTER schmückt ein knallig farbiges Originalbild der Unfallstelle, wegen der Nachtzeit besonders impressiv und dramatisch. An den Spiegelungen auf der Glasfassade ist für jedermann die Holzbaracke leicht zu erkennen. Mittendurch ein Schlagzeilen-Balken FENSTERSTURZ. Der umfangmässig eher magere Bericht von Frédéric Schönenberger ist mit drei Bildern aufgepeppt. Ein grosses Bild zeigt eine Ansicht des Amtshauses Eichenviertel bei Nacht, wobei im obersten Stockwerk mehrere Räume beleuchtet sind und ein konkretes Fenster, dessen – unscharf zu erkennen – Fenster offen steht, mit einer weissen Linie eingekreist ist. Ein kleineres Bild, unscharf, lässt einen auf dem Asphalt vor Autorädern liegenden Körper vage erkennen. Das andere Bild, gestochen scharf, zeigt Fiedler und Plattmann auf der Plattform vor dem Eingang der Holzbaracke stehend und seitlich leicht über den Beiden das Graffito des Schmierfinks.

FRISCHE LANGWARDIA BLÄTTER (FLB. seit 1763)

Unkommentierter Abdruck der Untersuchungsrichterlichen amtlichen Mitteilung und der amtlichen Mitteilung der regierungsrätlichen Direktion & des HoGeRaLa.

TAGESVERKÜNDER (Tade)

Abdruck der Untersuchungsrichterlichen amtlichen Mitteilung und der der amtlichen Mitteilung der regierungsrätlichen Direktion & des HoGeRaLa, mit folgendem Kommentar:

> *Das tragische Ereignis reiht sich in eine Folge von Unstimmigkeiten der betroffenen Ämter. Der Bürger kann gespannt sein, welche Erklärungen ihm diesmal aufgetischt werden. Es ist zu hoffen, dass der Untersuchungsrichter, der ein Parteikollege von Regierungsrat Dr. Iwan Fiedler ist, unvoreingenommen seines Amtes walten und den Fall lückenlos aufklären kann.*

Ungemütlicher Morgenkaffee 06 Uhr 45

Pfund schläft unruhig. Immer wieder wacht er auf. Um die neue Untersuchung kreisende Gedanken schwirren spontan in seinem Kopf umher. Während des Wachliegens kommen ihm unzählige Ideen, was er noch bedenken und vorkehren muss, kann oder soll. Bevor er dann wieder abdriftet. Um erneut wieder aufzuwachen. Obwohl er erst Einiges nach Elf ins Bett geschlüpft ist und Emmi schon tief geschlafen hatte, ist er um Sechs knallwach und steht als Erster auf. Es drängt ihn, aufzustehen und sich sogleich an die Arbeit zu machen.

Pfund bringt zuerst seine Freiübungen bei geöffnetem Fenster und frischer Morgenluft hinter sich. Das Frühturnen dauert rund eine halbe Stunde. Das Turnen stinkt ihm. Dennoch rafft er sich auf. Überwindet seinen inneren Sauhund und turnt seine Knie- und Rumpfbeugen, Liegestützen was das Zeugs hält runter. Springt danach kurz unter die Dusche. Bedenkt, dass er Rattenpack und Lisi als Erstes ankeilen will. Dann zieht er sich an. Geht in die Küche. Bereitet seinen Morgenkaffee zu. Holt die Tageszeitungen FLB und Tade, die sie beide abonniert haben, aus dem Briefkasten. Setzt sich an den Küchentisch. Um die Situation der Untersuchung scharf zu überdenken. Die Zeitungen rührt er nicht an. Renner der Penner, sein Freund, soll von der erzliberalen FLB gefeuert worden sein, wegen seiner Kolumne zum Schmierfink. Das Graffito hat Pfund gut gefallen. Ihn mopst, dass die Kollegen, die mit der Strafuntersuchung wegen des Graffito betraut sind, angeblich wissen, wer der Schmierfink ist, doch nichts dursickern lassen, ausser dass der Schmierfink ein normaler Bürger sei, der im ordentlichen Leben Zeichnungslehrer an einer privaten Kunstschule mit dem Namen Kunstparadies sei. Der Tade mit seinen pseudo-linken, sofern es überhaupt linke Positionen gibt, Positionen verkündet, die einen anständigen Bürger gähnen machen. Wozu soll Pfund seine Zeit mit Zeitungen vertrödeln, die ihn angurken. Pfund muss noch einmal genau überlegen, ob es der Untersuchung dienlich und geschickt ist, als Erste Rattenpack und Lisi anzukeilen. Schiesslich hat der Besuch bei Andreolis bei ihm einen höchst zwiespältigen Eindruck hinterlassen. Und Andreolis haben ihn auf Lattenbeck-Rattenpack gebracht. Und der Schaffner Lisi ist anscheinend der einzige Augenzeuge, der zumindest den Medien gegenüber behauptet, etwas gesehen zu haben.

Da steht auch schon seine liebe Emmi auf der Türschwelle. Plätschert sogleich gleich los. Pfund wundert sich, wie jemand am frühen Morgen bereits so viele Worte auf Lager haben kann. Erst noch wo seine liebe Emmi von sich behauptet, ein Morgenmuffel zu sein. Man dürfe sie gleich nach dem Aufstehen bloss nicht ansprechen. Sie brauche eine, zwei Stunden, bis sie tatsächlich wach und ansprechbar sei.

„Sepp, fühlst du dich nicht wohl, dass du bereits so zeitig auf den Beinen bist? Stimmt etwas nicht? Was ist los? Du bist ja auch erst so spät nachhause gekommen. Ich habe mir echt Sorgen gemacht. Und, was hat sich in der Holzbaracke ergeben. Du, Sepp, das ist nämlich absolut spannend. Josy, du weisst schon, meine Freundin, hat berichtet dass ihre Tochter Francesca …"

So sehr Pfund seine liebe Emmi in anderen Momenten schätzt und liebt, desto lieber würde er dieser Sprechmaschine jetzt am Morgen, wenn er seine Ruhe braucht, eins auf den Deckel geben. Beim Gedanken, dass er mit seinen Pfunden seinen Gedanken nie behände nachjagen und sie mit Treffsicherheit umsetzen kann, er seine Pfunde erst ächzend und stöhnend in die Höhe hieven muss, schmunzelt er unwillkürlich. Er sieht seine liebe Emmi streng an, zieht seine Augenbrauen hoch. lässt in einem berührenden Brustton des tiefsten Bedauerns raus, „Schatzli, ich muss, ich muss, entschuldige! Damit du bloss nicht in Versuchung kommst, meine Amtsgeheimnisse ohne es zu wollen an deine liebe Josy zu verraten, werde ich dir alles berichten, was ich weiss, sobald wir einen Moment finden werden, wo wir uns ernsthaft und ungestört unterhalten können. Ich muss!"

Vor der Haustüre schnauft Pfund auf. Ein Blick auf seine Armbanduhr zeigt ihm, dass er zeitlich die Kurve goldrichtig erwischt hat. Er kennt seine Pappenheimer. Mit dem Psychiater Doktor Lattenbeck, genannt Rattenpack, hatte er bereits mehrmals zu tun gehabt. Versteht sich gut mit ihm. Kennt inzwischen auch dessen Gewohnheiten. Rattenpack ist ein charismatischer Mensch. Rund um die Uhr für seine Patientinnen und Patienten da.

Rattenpack, Vater von fünf Kindern, gestand Pfund einmal lachend, dass es bei ihnen zuhause am Morgen wie im hölzernen Himmel zugehe, sobald die Jungmannschaft mal dabei sei aufzustehen. Er schaffe es nicht einmal, in Ruhe einen Kaffee zu trinken und die FLB – nicht dass du jetzt glaubst, ich teile deren erzliberale Ansichten, man muss sich einfach informieren, was die anderen so von sich geben – durchzublättern. Ständig sei ein Geschrei und er sei gefordert. Deshalb verlasse er das Haus in aller Frühe, um dann im Büro eine Stunde in Ruhe Kaffee zu trinken und den Queri, den Querschläger, dieses als erzlinks verschriene Wochenblatt, zu lesen, das er ohne Wissen seiner verehrten Frau Gemahlin in die Praxis abonniert habe, damit sie ihn nicht bezichtigen könne, Kommunist zu sein. So bliebe ihm in der Regel ein knappes Stündchen, um den neu angebrochenen Tag zu feiern, bevor um Acht die ersten Patienten und Patientinnen eintrudeln.

Ab spätestens acht Uhr hat Rattenpack einen vollen Terminkalender. Da will Pfund ihn nicht stören. Da Rattenpack jedoch bereits um ungefähr Sieben in der 3-Zimmer-Wohnung eintrudelt, die ihm als Praxis dient, kann Pfund ihn da abfangen.

Auf dem Weg zur Praxis von Rattenpack spricht Pfund auf die Combox von Schaffner, dem vom schönen Edi und dem treuen Glauben aufgegabelten und vorgeführten ‚Augenzeugen' des Fenstersturzes. Stellt sich kurz vor. Erklärt, worum es geht. Und bittet Schaffner um einen Rückruf im Laufe des Morgens. Bevor Pfund die Wohnung Rattenpacks erreicht, klingelt sein Handy. Schaffner ruft zurück. Er scheint höchst angetan, dass er seinen Senf selbst in der amtlichen Untersuchung abgeben darf. Er ist auf Anhieb bereit, dass Pfund ihn um halb Neun bei sich zuhause besucht. An der Färbergasse 9. Im ersten Stock rechts. „Im Haus, wo unten drin ein Starbucks ist. Bitte beim Klingeln darauf achten: dreimal kurz und dreimal lang. Ich bin ein Nerd und lebe abgeschottet von der Umwelt. Öffne keiner Menschenseele meine Wohnungstüre, ausser diese Menschenseele kennt meinen Klingel-Code."

Informativer Schwatz 07 Uhr 15

Pfund weiss, dass Rattenpack vor Acht auf Klingeln an der Haustüre nicht reagiert. Deshalb ruft er ihn kurz auf dessen Handy an. Sagt, er stehe zufällig vor dem Haus, Ob er kurz reinschauen dürfe. Bloss kurz, auf einen Sprung.

„Doppelzentner, ein schlechtes Zeichen, wenn du was von mir willst. Komm schon, komm schon, bringen wir es hinter uns! Es gibt ein gutes Kaffeechen!"

Dann stellt Pfund sein Handy ab, um unbedingt nicht gestört zu werden. Um dem Ernst des Anlasses gerecht zu werden, spricht er Rattenpack diesmal nicht als Rattenpack, aber mit dessen Vornamen, Louis, an. Er nimmt wahr, wie Rattenpack stutzt und ihn fragend anschaut.

„Herr von und zu Sepp, vor dem es mir manchmal graut, Espresso?"

„Ohne Zucker, ohne Rahm!", beantwortet Pfund Rattenpacks Frage nach seinem Getränkewunsch.

„Ich weiss, ich weiss. Doppelzentner, schiess schon los!"

„Florindo Andreoli."

„Oje! Sag bloss nicht, dass er der Fenstersturz ist. Er arbeitet doch beim HoGeRaLa. Du weisst, eigentlich darf ich dir nichts sagen. Arztgeheimnis. Doch bei dir, Doppelzentner, weiss ich, dass du nicht ohne Not Fragen stellst, es strikte unter uns bleibt."

„Mit richterlichem Befehl müsstest du reden. Zudem stehe ich unter Amtsgeheimnis. Kannst du,

Rattenpack, dir vorstellen, dass Andreoli sich in selbstmörderischer Absicht aus dem Fenster gestürzt hat, dass er besoffen über eine niedrige Balkonbrüstung fällt oder etwas ähnliches?"

„Vorstellungen, die ein Mensch sich über einen Mitmenschen macht, sind schön und gut, doch sind es Illusionen, die letzlich nichts bis gar nichts besagen. Wenn es schon so schwer ist, sich selber zu erkennen, wie soll man da Mitmenschen ohne weiteres erkennen können."

„Dein Bauchgefühl, Rattenpack?"

„Nein, nein, Florindo säuft nicht. Ist lebensbejahend. War … Glaube bloss nicht, dass ich als Seelenklempner die Tiefe einer Seele ergründen kann. Du wunderst dich bestimmt, weshalb ich so kontrolliert reagiere. Ich habe, hatte zu Florindo eine besondere Beziehung. Doch irgendwie erstaunt mich nicht, dass er das Opfer eines Verbrechens geworden …"

„So sicher ist es nicht. Noch sind wir am Ermitteln."

„Ein so fröhlicher junger Mensch. Von mitreissender Fröhlichkeit. Wenn er auftauchte, dann bist du automatisch gut drauf gewesen und hast dich mit ihm gefreut. Seine Mutter ist, wie soll ich es sagen, eine Drama-Queen. Sie hat aus dem Schwulsein von Florindo ein Drama gemacht. Ist felsenfest davon überzeugt, dass er krank ist. Unter einer schwersten Depression leidet und dringend der intensivsten Behandlung bedarf. Stell dir vor, die Eltern bezahlen den grössten Teil der Therapie, da die Krankenkasse bloss wenige Stunden zu übernehmen bereit ist. Hast du seine Eltern bereits gesprochen. Vielleicht können sie dir Anhaltspunkte geben. Er ist, war ein phantastischer Schauspieler."

„Schauspieler?"

„Nicht als Profession. Als, nun, als faszinierender Mensch, den er so anziehend, mitreissend und gleichzeitig ehrlich gegeben hat, dass du nicht anders konntest, als …"

„Als?"

„Was weiss ich. Man musste diesen Jungen einfach mögen! – Du schaust auf deine Armbanduhr, Doppelzentner. Ja, ja, noch fünf Minuten, dann beginnt auch für mich der Ernst des Berufsalltags. Ich hoffe, ich konnte dir mit dem Wenigen, das ich weiss, zumindest ein wenig weiterhelfen."

Starbucks 08 Uhr 30

Nachdem Pfund irgendwie das ungute Gefühl nicht los wird, dass Rattenpack ihm etwas verschweigt, ist er nun total neugierig auf Schaffner. Auf Lisi – nicht auf das Lisi, aber den Lisi. Das, was Lisi dem treuen Glauben ins Mikrophon erzählt hat, glaubt Pfund nicht. Er will wissen, was einen Menschen wie Lisi dazu bringt, den Medien eine fantastische Geschichte aufzutischen. Es ihm offensichtlich egal ist, dass eine Lüge als Wahrheit verkauft wird. Zudem findet Pfund es reizvoll, in dieser Gegend der Stadt herumzustreunen, die ihm überhaupt nicht geläufig ist. Das Starbucks erkennt er von weitem. Das Gebäude sieht nicht ganz so heruntergekommen aus wie die umliegenden Häuser, die zum Teil einer Renovation höchst bedürftig scheinen. Die Färbergasse Nummer 9 mit dem Starbucks im Erdgeschoss ist ein mehrstöckiges Wohnhaus, wohl aus den Dreissigerjahren. Im ersten Stockwerk, in dem Schaffner seine Wohnung hat, sind auf einer Seite die Rollläden runtergelassen. Pfund überfliegt mit den Augen die Namensschildchen vor der Eingangstüre, findet den

Namenszug Alois Schaffner, den dazugehörigen Klingelknopf.

Im Moment, wo Schaffner auf den Klingelknopf drückt, öffnet die Haustüre sich von Innen und eine rotunde Mitvierzigerin tritt hinaus. Sie nimmt wahr, welchen Klingelknopf der Fremde vor der Haustüre drückt. Sieht Pfund mit einem leicht verächtlichen Grinsen an.

„Da klingeln sie vergeblich. Er lässt niemanden rein. Nicht einmal seine Eltern, die ihm die Wohnung bezahlen. Niemanden lässt er rein. Und die Rollläden bleiben Tag und Nacht unten! Ein Nerd, sage ich ihnen. Wo die Welt noch enden wird mit solchen jungen Leuten, die sich abschotten und von nichts etwas wissen wollen!"

Die rotunde Dame füllt den Türrahmen aus, tritt auf die Strasse, nicht ohne die Haustüre sorgsam zuzuziehen, damit Pfund sich nicht einfach ins Haus schleichen kann. Dann entfernt sie sich lächelnd, im Klipp-Klapp ihrer hochhackigen Schuhe, hoch erhobenen Hauptes. Da erinnert Pfund sich, dass er dreimal kurz und dreimal lang klingeln soll, oder umgekehrt. Zu blöd, er kann sich nicht mehr erinnern.

Als Pfund in den Klingelversuch vertieft ist, nähert sich ihm rennend ein Mann von hinten. Er ist Schaffner. Diesmal ordentlich gekleidet. Lächelnd.

„Entschuldigen sie, mussten sie lange warten? Ich hatte noch etwas zu erledigen und … Und um Zehn habe ich … auch etwas zu tun. Meine Wohnung ist eine verkommene Höhle. Ich mag sie ihnen nicht zumuten. Besser, wir genehmigen uns einen hübschen Kaffee im Starbucks. Bin ich richtig in der Annahme, dass sie etwas verwirrt sind, weil ich heute so gediegen bürgerlich daherkomme, während ich gestern Abend … Sie werden im Nu hinter mein Doppelleben kommen. Gescheiter ich schenke ihnen gleich zu Beginn reinen Wein ein. Für meine Eltern, für meine Nachbarn und für, nun, die meisten Leute bin ich ein total von IT angefressener oder aufgefressener Nerd, der bloss noch in den Computerbildschirm starrt und nichts anderes mehr kennt. Mein Vater ist Oswald Schaffner und …"

„Oswald Schaffner, DER Oswald Schaffner?"

„Ich bin die Enttäuschung seines Lebens. Doch hat er noch nicht alle Hoffnung aufgegeben und denkt noch immer, dass ich mich eines Tages bekehren lasse und ins Geschäft einsteige, um es dereinst einmal als sein Nachfolger zu übernehmen. Daher spiele ich den IT-angefressenen Nerd. Und lasse meinen Vater meine Wohnung bezahlen, obwohl ich – und das dürfen er, meine Mutter und seine Bekannten, seine Spezis, wie zum Beispiel Fiedler, nie erfahren – Schule gebe und auf die Unterstützung meines Vaters nicht mehr angewiesen bin. Obwohl ich das Geld gut gebrauchen kann für meine Werkzeuge. Ich meine, Pinsel fürs Malen. Als Künstler."

„Und das, Herr Schaffner, soll ich ihnen abnehmen."

Schaffner grinst Pfund voll ins Gesicht und nickt zustimmend.

„Wie werden ihre Schüler, wie wird die Schulleitung darauf reagieren, dass sie nun ein Fernsehstar sind. Nein, nein, kein Widerspruch, wer es zur besten Sendezeit in eine erst noch brisante Meldung von Tele Langi schafft, gehört sofort zur Prominenz."

„Meinen sie? Echt? Also nicht wirklich Prominenz. Allenfalls Cervelat-Prominenz. Wo sie das sagen, Herr Pfund, erinnere ich mich, dass ein Bekannter einmal im Fernsehen kam und am nächsten Tag bekam er in einer Pizzeria den schönsten Tisch zugewiesen und er durfte seine Pizza nicht bezahlen, weil die Kellnerin so sehr aus dem Häuschen war, einen Promi an einem ihrer Tische zu haben."

„Reden wir nicht lange um den heissen Brei herum. Was sie dem treuen Glauben, pardon, dem Herrn Urs Glaubtreu von Tele Langi ins Mikrophon erzählt haben, widerspricht unseren klaren Erkenntnissen. Dr. Luzi Felber war zu diesem Zeitpunkt mit Sicherheit nicht im Gebäude, konnte also unmöglich auf dem Balkon sein. Und Dr. Fiedler war an einer Besprechung. Nun, bedaure, ich treibe sie in die Enge, Herr Schaffner."

„Überhaupt nicht, Herr Pfund", sagt Schaffner lachend. „Wenn jemand wie ich, der schüchtern und tapsig ist, ein Mikrophon vor den Mund gehalten erhält und erst noch gefilmt wird dabei, dann brennt die Fantasie mit einem Mal durch. Ich habe irgendetwas erfunden … Saublöd, viele verstehen es nicht, doch so war es … Und letztlich, ich halte zwar nichts von esoterischem Unsinn, letztlich aber könnte es doch sein, dass erst eine entfesselte, freche, schamlose Fantasie dem Absurden im Leben am ehesten auf die Spur kommt. Wissen sie, dass ich so eingeimpft bin gegen Autoritäten wie meinen Vater, lässt mich auch von denen, die die Welt zu beherrschen scheinen, auch von denen, die ihre kleinen Reiche hätscheln wie zum Beispiel das Amtshaus Eichenwald, nicht gerade viel halten. Ich sehe, sie nehmen mein Bekenntnis, gegen die Herrschenden und das Establishment zu sein, recht gelassen."

„Wie aber haben sie es geschafft, aus der Fantasie heraus einen jungen Mann so präzise zu beschreiben, dass er als Dr. Luzi Felber identifiziert werden konnte?"

„Das ist auch mir ein Rätsel."

„Kennen sie Dr. Luzi Felber?"

„Nein."

„Bloss noch eine Frage, an welcher Schule unterrichten sie und welches Fach?"

„Am Künstlerparadies, einer kleinen Privatschule. Zeichnen. Ich bedaure, die Zeit drängt. Meine Schüler erwarten mich."

„Ein Schmierfink also! Der keine Pinsel benötigt, doch Spraydosen, die der Papa ohne es zu wissen finanziert. – Entschuldigen sie mein freches Mundwerk. Ich meinte selbstverständlich Zeichner, Zeichenlehrer."

Einen kurzen Moment erstirbt das Lachen im Gesicht von Schaffner. Pfund grinst ihm ins Gesicht. Schaffner erholt sich im Bruchteil einer Sekunde, lacht erneut, steht auf und verabschiedet sich von Pfund, nicht ohne sich für das angenehme Gespräch überschwänglich zu bedanken.

Unser fröhliches Amt. Die Seifenoper 10 Uhr 35

Im fünften Stock, dem linken Flügel der Holzbaracke landet Pfund, wie alle gewöhnlichen Leute am Empfangsschalter der HoGeRaLa. Wartet, bis die Dame, die alleine in diesem Büro mit mehreren Arbeitsplätzen an einem Schreibtisch sitzt und gerade telefoniert, sich bequemt, Blickkontakt mit ihm aufzunehmen. Hinter der Glasscheibe des Empfangsschalters sind zwei Namensschildchen angebracht. Ida Bäschlin und Melanie Kummer. Falls Pfund sich, schiesst es ihm durch den Kopf, über den lahmen Empfang beschweren wollte, wüsste er nicht einmal, ob er sich über Ida Bäschlin oder Melanie Kummer beschweren müsste.

Die Dame legt den Telefonhörer auf. Entdeckt den am Schalter wartenden Pfund. Wirft ihm eine Jammermiene zu. Hetzt zur Innenseite des Empfangsschalters und schiebt die Glasscheibe zur Seite.

„Entschuldigen sie bitte, dass ich sie warten liess. Doch heute geht bei uns alles drunter und drüber. Was wünschen sie? Ich muss sie aber gleich darauf aufmerksam machen, dass unsere Leute im Moment nicht zu sprechen sind."

Die Dame ist äusserst nervös. Den Tränen nahe. Pfund stellt sich vor. Die Dame sagt, sie sei Ida Bäschlin.

„Mir fällt ein Stein vom Herzen. Ihnen brauche ich nichts zu erzählen. Plattmann, will sagen, Dr. Plattmann, der Präsident, informiert die Belegschaft gerade in der Cafeteria über das, was geschehen ist. So schrecklich. Ich bediene im Moment als Einzige der Kanzlei das Telefon. Sie können sich nicht vorstellen, wie hartnäckig die Medienleute sind und mit welchen Tricks sie uns überrumpeln wollen. Ob Felber bereits hinter Schloss und Riegel stecke. Und so weiter. Ich –."

Ida Bäschlin betätigt den Türöffner, dass Pfund in den endlosen Amtskorridor eintreten kann. Er bedankt sich bei Ida Bäschlin, wirft ihr zu, sie mache ihre Sache grossartig und bleibe dabei so ruhig.

„Ich kenne mich hier aus, weiss, wo die Cafeteria ist. Sie brauchen mich nicht anzumelden. Dr. Plattmann weiss, dass ich komme. Die Ermittlungen eben, sie verstehen.

Was ist ihre Meinung, gehört Dr. Felber hinter Schloss und Riegel?"

Ida Bäschlin schüttelt ihren Kopf heftig und unterdrückt aufsteigende Tränen.

„Er ist ein total lässiger Typ. Nein. Er kann unseren Florindo nicht runtergeworfen haben. Er nicht. Und vor allem nicht Florindo. Wo die beiden doch so oft zusammensteckten. Nein, nein, Luzi kann es nicht gewesen sein."

„Suizid?"

„Florindo und Suizid. Er war ganz das Gegenteil von lebensmüde."

Pfund betritt zum zweiten Mal die heiligen Hallen und lenkt seine Schritte durch den endlosen Amtskorridor. Als er die Türe zur Cafeteria beinahe erreicht hat, öffnet sich diese. Plattmann erscheint im Türrahmen und erschrickt genauso wie Pfund, als sie, jeder beim forschen Vorwärtsgehen, beinahe zusammenstossen.

„Gut, dass sie da sind, Herr Pfund. Guten Tag, und – sie gestatten", sagt Plattmann geistesgegenwärtig und wendet sich noch einmal zurück, um nun zu den in der Cafeteria Anwesenden zu sagen, „Das hier ist Detektivpolizist Pfund. – Bitte, Herr Pfund, treten sie näher zu mir in den Türrahmen, damit meine Leute sie sehen. Ich beisse nicht. – Herr Pfund leitet die Untersuchung. Ich bitte euch alle, Herrn Pfunds Fragen ehrlich und offen zu beantworten. Schliesslich soll ans Licht kommen, was geschehen ist. Mit unserem Florindo. Ich kann es noch immer nicht fassen."

Plattmann kündigt Pfund an, er werde in seinem Büro sein und stehe ihm, Pfund, jederzeit zur Verfügung. Er solle sich ungeniert die Leute herauspicken, von denen er etwas wissen wolle.

„Ach ja, schauen sie hier, dieses Foto", spricht Plattmann mit einem Mal total enthusiasmiert weiter und hält Pfund ein grossformatiges Foto unter die Nase. „Meine gesamte Belegschaft, beim fröhlichen Feiern. Vor zwei Wochen. Beim Abschied von Frau Weisser. Der Champagner ist in Strömen geflossen. Frau Weisser war eine so gute Mitarbeiterin und so grosszügig. Sie spendierte nicht etwa Prosecco, richtigen Champagner. Ein so tolles Team, bestes Arbeitsklima. Jeder mag jeden, ohne Vorbehalte. Einfach toll. Alle sind hier auf dem Foto drauf. Als wir am Feiern waren, kam der Putzmann vom Putzdienst, der unsere Büros putzt, vorbei und ich bat ihn, das Foto zu schiessen. Er, er hier, mit dem fröhlichen Lachen, in der Mitte von allen, das ist Florindo. Florindo Andreoli!"

Pfund erblickt auf dem Foto ein Kuddelmuddel von Körpern, Armen, Gläser haltenden Händen, lachenden Gesichtern. Ein Gruppenbild mit etlichen Damen und etlichen Herren. Er denkt, diese Leute können feiern. Da geht die Post ab, sie lassen nichts anbrennen – und dann plötzlich diese unselige Geschichte. Wie sich das Eine auf das Andere reimt. Plattmann nimmt das Foto zurück zu den Papieren, die er in einer Hand hält, geht zurück in die Richtung seines Büros und lässt Pfund seines Amtes walten.

Pfund bleibt im endlosen Amtskorridor stehen und harrt der Dinge, die da kommen. Aus der Cafeteria strömen nach und nach Menschen um Menschen an ihm vorbei, sehen ihn interessiert, verunsichert an, verlangsamen ihren Schritt, wenn sie an ihm vorübergehen, falls er sie ansprechen möchte. Eine resolut wirkende, kleine, drahtige Dame mit strenger Frisur bleibt vor Pfund stehen.

„Nora Eidenbenz. Ich bin die Vorzimmerdame unseres Chefs. Wenn sie mir sagen, wen sie zu sprechen wünschen, kann ich ihnen die betreffenden Leute vorstellen."

„Felber und die Personen, die mit Andreoli das Büro teilten und, es ist mir etwas peinlich, ich kenne nur den Übernamen des Herrn, den ich auch noch sprechen möchte. Mister Pepsodent."

„Ach, Dr. Georg Wunibald Sparringer. Juristischer Sekretär. Wir nennen ihn bloss G.W. – hahaha, für Grössenwahn! Bloss unter uns", Eidenbenz zwinkert Pfund verschwörerisch zu, fährt dann flüsternd fort. „Hier kommt er gerade. – Du, G.W., der Herr Pfund möchte dich sprechen."

„Herr Doktor Sparringer …"

„Weshalb wollen sie ausgerechnet mich sprechen. Ich habe mit der Sache nichts zu tun. Kann dazu überhaupt nichts sagen …"

„Von wann bis wann dauerte gestern Abend ihre Besprechung mit Regierungsrat Fiedler in ihrem Büro?"

Sparringers Lächeln erlischt. Pfund sieht, wie im Bruchteil einer Sekunde eine Reaktionswelle Sparringers Körper durchzischt, durch den Körper eine Bewegungswelle sendet, die Sparringers Haltung bolzengerade und seinen Gesichtsausdruck sich von Pepsodentlächeln zu Schrecken und schliesslich zu lässiger Herablassung verändern lässt. Sparringer antwortet mit ruhiger Stimme, beinahe flüsternd.

„Wer hat ihnen das erzählt! Wollen wir nicht in mein Büro gehen?"

„Nicht nötig. Ich brauche bloss die Uhrzeiten vom Kommen und Gehen von Regierungsrat Fiedler, die ich bereits kenne, von ihnen bestätigt. Der Rest geht mich nichts an."

Sparringer ist sichtlich nervös. Seine Augen hüpfen herum. Er bestätigt in etwa die Zeiten, die Pfund dank Danneisen und dessen Überwachungsinstallationen bekannt sind. Dann sieht Pfund, dass im endlosen Amtskorridor Felber ihnen entgegenkommt. Pfund nickt Sparringer zu und entlässt ihn mit einer Handbewegung. Sparringer hat inzwischen wieder sein Pepsodentlächeln aufgesetzt und zieht Fäden. Pfund stellt sich Felber, der ihm, Pfund, freundlich zulächelt und den Anschein erweckt, munter an ihm, Pfund, vorbeizugehen, in den Weg.

„Herr Doktor Felber, nehme ich an. Sind sie nicht total ausser sich, dass sie in den Massenmedien bereits als Täter hingestellt worden sind?"

Felber, der fröhliche Geselle, lacht Pfund ins Gesicht, um sich sogleich daran zu erinnern, dass die Umstände wohl eher nach Sorgenfalten auf der Stirne verlangten, welche ihm glaubhaft hinzukriegen flugs gelingt.

„O ja, doch, doch, ja, ja, sehr sogar", antwortet Felber.

„Wann haben sie Herrn Andreoli zuletzt gesehen? Sie haben ja das Büro mit ihm geteilt."

„Gestern. Bevor ich gegangen bin. Irgendwann nach Sechs. Wir hatten uns nicht einmal richtig verabschiedet. Er hatte einen Telefonanruf."

„Haben sie mitbekommen, von wem der Anruf gewesen war, dienstlich oder privat."

„Tementschuk."

„Wer ist Tementschuk?"

„Der Intendant des Theaters. Florindo muss da irgendetwas am Laufen gehabt haben. Dienstlich oder privat. Was weiss ich. Die Verlobte von Florindo, Irene Segesser, muss es eingefädelt haben, nehme ich an. – Wir sind ein fröhliches Amt. Ob sie es glauben oder nicht, hier wird vorzügliche Arbeit geleistet. Von der Basis. Die Basis funktioniert. Was sie da oben machen, nun. Volkert, mein bester Kollege hier, und ich amüsieren uns köstlich über all die Intrigen und köstlichen Dinge, die hier ablaufen. Volkert sagte, man müsste eine Seifenoper schreiben über unser fröhliches Amt. Ja, das sollte man, echt."

„Ach so, ja, interessant. Und was sagen sie dazu, dass der Sicherheitsbeauftragte Danneisen sie und Andreoli um etwas nach halb Sieben fröhlich das Amtshaus Eichenwald hat verlassen sehen? Wie ist ihr Verhältnis zu Andreoli? Sie bringt wohl nichts aus der Ruhe?"

„O doch. Wenn sie mir meine Schachtel American Spirit klauen, wo ich gerade auf dem Weg bin, im Raucherraum ein Zigarettlein zu rauchen, dann würde ich ganz schön ranzig werden. – O, die holde Weiblichkeit ist gestaffelt im Anmarsch in den Raucherraum. Da verdufte ich lieber und gehe zurück in meinen Stall. Weitere Fragen, Herr Pfund?"

Vor der Türe zum Raucherraum schnappt Pfund sich diese drei Damen, von denen er bloss eine bereits kennt, Nora Eidenbenz. Diese stellt ihm die Damen Trudi von Aesch und Selma Wunderlich vor, die das Büro zusammen mit Felber und Andreoli teilen. Pfund schafft es, dass die Damen nicht auf die Idee kommen, trotz seiner Anwesenheit in den Raucherraum zu verschwinden und ihn allenfalls zu bitten, ihnen da Gesellschaft zu leisten. Obwohl er selber gelegentlich raucht, ist ihm die stickige Luft in diesem Raucherraum ein Gräuel. Zudem würde seine liebe Emmi, wenn er nachhause kommt, ihn mit diesem tadelnden Gesichtsausdruck beschnuppern und sagen, Sepp, du hast wohl wieder geraucht. Die drei Damen scharen sich vor der geschlossenen Türe des Raucherraumes malerisch um Pfund, sichtbar gespannt, mit welchen Fragen er ihnen und welcher von ihnen dreien zuerst die Gelegenheit zu einer Aussage geben wird.

Pfund spricht keine der drei Damen direkt, aber alle drei gemeinsam auf Andreoli an, wofür er einen Chor von Seufzern in verschiedenen Tonlagen und gleichzeitige, sich kreuzende, sich folgende hingeseufzte Bemerkungen wie „so ein netter Kerl", „immer so fröhlich", „kleveres Bürschchen", „schwul halt", „ein Paradiesvogel", „ungeniert", „ein so toller Kollege", „und gescheit, ich sage ihnen, gescheit", „so ein Jammer", „was wird aus uns ohne ihn".

„Nur schade," schert Eidenbenz flüsternd und immer um sich spähend, ob weitere Personen im Anzug sind, aus dem Chor aus, „dass er sich mit Felber zu gut …"

„Nora, das gehört wirklich nicht hierher," fällt von Aesch ihr ins Wort.

„Trudi, entschuldige Gertrude," flotet Wunderlich flüsternd dazwischen, „bloss weil du noch immer in Felber verknallt bist und noch immer feuchte Höschen bekommst, wenn …"

„Sie müssen wissen, Herr Pfund," reisst Eidenbenz mit böse funkelnden Blicken zu Wunderlich und von Aesch das Gespräch an sich, „dass unser lieber Luzi ein linker Hund ist, eine Wühlmaus hier im Amt und keine Gelegenheit auslässt, den Chef schlecht zu machen …"

„Nun aber halblang, Nora, bloss weil Luzi mitbekommen hat, dass die angebliche Lieferung von neuen Briefbogen und Briefumschlägen ein Geschenk von Scholcher war, eine ganze Kiste von Dom Perignon Rosé Champagner, von Scholcher, diesem Promi und Superreichen, dem Plattmann den Arsch leckt und von dem ein Geschäft im Amt hängig ist, …"

„Selma, noch ein Wort und ich melde dem Chef, dass du Amtsgeheimnisse ausplauderst. Unerhört, diese Weiber. Brauchst gar nicht so zu schauen, Gertrude. Jeder hat ja mitbekommen können, wie du sauer wurdest, als die Weisser dir den Luzi weggeschnappt hat …"

„Das war ja auch eine Gemeinheit sondergleichen. Die Weisser ist verheiratet. Gut verheiratet. Und schnappt mir den Luzi weg. Wo ich so Schwierigkeiten habe, endlich wieder einen Mann zu finden, und Luzi ein so fröhlicher und erst noch hübscher Kerl ist, wie man ihn nicht jeden Tag findet …"

„Sie müssen wissen, Herr Pfund, Trudi – sie will als Gertrude angesprochen werden, weil ihr Trudi zu wenig ist – Trudi also, das heisst Gertrude hat bei Felber nicht die geringsten Chancen, weil Francesca, Francesca Palatti, unsere Praktikantin …"

„Das Luder!"

„… total in Luzi verknallt ist. Sie ist viel jünger als Trudi. Was müssen sie auch von uns denken, Herr Pfund. Keifende Weiber. Nein, aber ich muss Luzi in Schutz nehmen. Immerhin hat er rausgekriegt, dass Plattmann Marmor auf Geschäftskosten für seinen privaten Umbau gekauft hat, dass er sich Mittagessenvergütungen auszahlen liess für Mittagessen, wo er nachweislich eingeladen war …"

„Dir sollte man dein freches Maul mit Seife waschen, du unverschämtes Miststück. Unseren Chef so zu beleidigen! Wart's nur ab, das wird Folgen haben."

„Und Luzi hat auch rausgefunden, weshalb der Mengelt nicht gefeuert wird, obwohl er im Büro nichts tut, ausser seine privaten Börsengeschäfte zu betreiben. Ein Hohn, dass die Quellmann vom Qualitätsmanagement nach einem Jahr bloss rausgefunden hat, dass bei der HoGeRaLa-Kanzlei alles in Ordnung ist! Und Luzi hat herausgefunden, dass die Quellmann die beste Freundin der Muntwiler ist. Sie müssen wissen, Herr Pfund, die Muntwiler ist die Dauerverlobte von Plattmann …"

„Unerhört, das muss ich mir nicht länger anhören. Ich werde sofort den Chef informieren," kreischt Eidenbenz und stakst davon durch den endlosen Amtskorridor in Richtung Chef-Büro.

Pfund erkennt mit Erleichterung, dass die dunkelste Wolke abgezogen ist und fragt sich, ob auch die Restwolken sich nach dem heftigen Gewitter verziehen werden. Gleichzeitig nehmen die beiden restlichen Damen und Pfund wahr, dass sich von weitem ein rundlicher Herr mit hochrotem Kopf nähert. Die beiden Damen flüstern aufgeregt auf Pfund ein.

„Au, Schweinchen intrigös. Ihm wollen wir nicht begegnen. Er intrigiert und petzt dem Chef alles, auch das, was der Vorzimmerdrachen Eidenbenz noch nicht hat petzen können. Jetzt gehen wir eins rauchen. Viel Spass mit Schweinchen intrigös, das heisst, dem Büchel!"

Und weg sind die Damen. Der rundliche Herr steuert direkt auf Pfund zu.

„Herr Büchel, nehme ich an."

„Richtig. Ich nehme an, die holden Damen sind ganz schön über mich hergezogen. Doch glauben sie mir, Herr Pfund, ich bin ein Vertrauensmann vom Präsidenten unserer Behörde. Nicht ohne Grund …"

„Interessant, interessant, doch …"

„Ich wollte es bloss gesagt haben. Der Präsident lässt sich von mir bei seiner privaten Steuererklärung beraten. Sie sehen also, ich geniesse sein Vertrauen voll und ganz …"

„Sehr schön! Erzählen sie mir etwas über Felber."

„Dieser linke Hund. Alle fallen auf ihn rein. Ausser ich und der Präsident. Und selbstverständlich die Eidenbenz. Und der Mengelt. Dass diese dummen Weiber immer gleich schwach werden, wenn einer eine hübsche Fratze hat. Er wühlt und wühlt. Am ärgsten leidet der Sparringer unter ihm. Was er gegen ihn vorbringt, das ist Mobbing. Und dann hatte er ein widernatürliches Verhältnis mit Andreoli, seinem Untergebenen. Doch mit seinem Charme wischt er die Tatsachen grinsend beiseite. Und sein Verhältnis mit der Weisser. Und dann hängt er immer mit Volkert rum. Die beiden hecken etwas aus. Machen sich über alles, was hier geschieht, und über alle hier lustig. Mit diesen Studierten hat man immer Ärger. Fühlen sich als etwas Mehrbesseres. Neulich erst, vor wenigen Tagen kam es zu einer Szene. Hier, wo wir jetzt stehen. Der Felber hat den Sparringer wie von Sinnen angeschrien. Der Präsident ist dazu gekommen. Hat echt beschwichtigend auf Felber eingeredet. Und wissen sie, was Felber, dieser Lümmel, dem Präsidenten an den Kopf geworfen hat? Er schrie, wer so ein Arschloch wie den Sparringer deckt, ist selber ein Arschloch. Dies zum Präsidenten! Und dann hat er mit höllischem Gelächter noch gesagt, es wird noch so weit kommen, dass einer aus dem Fenster stürzt! Ach, ui, das ist ja bitterer Ernst geworden …"

Pfund bedankt sich bei Büchel und geht weiter dem endlosen Amtskorridor entlang. Er begegnet Plattmann, der ihn jovial fragt, „haben sie gut ermitteln können?"

„Danke für die Nachfrage. Ich habe nun einen Eindruck von ihrer Behörde und ihrer HoGeRaLa-Kanzlei. Bloss noch eine Frage. Ihr ach so schönes Alibi ist leider geplatzt. Mich interessiert noch, mit wem sie die paar Gläschen Chasselas getrunken haben vor dem Ereignis."

Plattmann verliert total die Fassung. Sinkt in sich zusammen. Wimmert stammelnd, „Mit Florindo. Aber Ehrenwort, glauben sie mir, ich wollte mit ihm zusammen in meinem Büro eine Flasche höhlen, um mit ihm zu besprechen, ob seine befristete Stelle in eine Dauerstelle umgewandelt werden kann. Er hat bloss kurz mit mir angestossen, einen Schluck genommen und ist dann abgesaust. Er habe eine wichtige Verabredung. Glauben sie mir …"

„Ich glaube ihnen. Herr Andreoli wurde danach gesehen von Felber und von Danneisen …"

Pfund amüsiert sich, wie Plattmann sich offensichtlich plötzlich bewusst wird, dass er einen Zusammenbruch im endlosen Amtskorridor gehabt hatte, wo alle seine Leute ihn in diesem Zustand hätten sehen können. Er amüsiert sich auch, dass er seine gesamten Ermittlungen, die er für heute hier abschliessen will, im endlosen Amtskorridor der HoGeRaLa-Kanzlei, diesem fröhlichen Amt durchgeführt hat. Nichts als Widersprüche. Menschen, die direkten Fragen geflissentlich ausweichen. Neu ist bloss, dass das angeblich schwule Opfer eine Verlobte hat, deren Name, Irene Segesser, er aufgeschnappt hat. Dann dieser Anruf dieses ominösen Tementschuk. Als Pfund das Amtshaus Eichenviertel viel später als geplant verlässt, ist es bereits kurz nach Eins.

In der Zwischenzeit hat sich unabhängig von Pfunds Ermittlungen andernorts anderes abspielt. Rückblende in ein total andere Wirkungsfeld.

Renners Neubeginn als Flaneur 10 Uhr 37

Bobby Renner, der seit nunmehr drei Tagen gewesene Feuilleton-Redaktor der FLB und da unter anderem der gewesene Betreiber der Kolumne ‚Julia Hinterdemmonds Klatsch & Tratsch über Promis', geniesst die neu ihm zugefallene Freiheit. Er schläft tüchtig aus, rappelt sich aus seinem Bett auf und bricht mit seiner Gewohnheit, sich als Erstes am Morgen an seinen Computer zu setzen und die News im Internet zu checken. Er ist stolz auf sich und stellt mit Befriedigung fest, dass es bereits nach Zehn ist. Seit Jahren, seit Jahrzehnten hat er nie mehr so lange geschlafen. Ausgeschlafen. Denkt, er könnte gleich wieder zurück ins Bett gehen und weiterschlafen. Sein Rücken fühlt sich verspannt an. Er erinnert sich, dass er vor Jahren, bevor er von Stress gejagt worden war, Morgengymnastik gemacht hatte. Versucht sich zu erinnern, welche Übungen dazu gehört hatten. Rekonstruiert in Gedanken die Abfolge der Übungen, die er sich nach eigenem Gutdünken zusammengestellt hatte. Eine Kombination aus Liegestützen, Kniebeugen und den fünf Tibetern. Er kriegt die Schose zusammen. Öffnet das Fenster und beginnt in der kühlen

Luft die Übungen. Jede Übung 21-mal. Beginnend mit dem Anheben der Schultern. Dann die Rumpfbeugen und so weiter blablabla et cetera. Bevor er die zweite Hälfte der Übungen, die Bodenübungen, in Angriff nimmt, verspürt er den Drang, seinen Darm zu entleeren. Er geht zur Toilette. Stellt befriedigt fest, dass sich seine Körperfunktionen seinem neu eingeweihten Morgenritual rhythmisch anpassen. Als er nach dem Kopfstand, der den Abschluss seiner Übungsreihe darstellt, aufsteht, fühlen sein Rücken, sein Körper sich entspannt an. Er streckt und reckt sich wohlig. Geht ins Badezimmer und trinkt einen Liter Wasser. Zurück in seinem Büro fällt sein Blick auf verschiedene Papiere und Dinge, die rumliegen. Er ordnet dies und das. Wirft vieles weg. Dann muss er pissen. Das kommt vom Wassertrinken, denkt er. Er duscht. Lange und das über seinen Körper rieselnde Wasser geniessend. Ich alter Mann, denkt er stillvergnügt grinsend, entdecke für mich die Sinnlichkeit neu. Müsste er sich schämen, wenn er jemandem eingestehen würde, was er jetzt gerade macht? Quatsch, denkt er spontan. Sollen die anderen sich einen Stecken dazu stecken – ich tue, worauf ich Lust habe.

Nach dem Duschen wird nochmals gepisst. Es folgt ein Moment der Unentschlossenheit, in dem ihm spontan durch den Kopf schiesst, dass der Umgang mit neu erworbener Freiheit nicht problemlos ist. Doch dann ringt er sich dazu durch, nicht alle Gewohnheiten ganz über den Haufen zu werfen. Vor allem, die, die ihm lieb geworden sind, auch jetzt, in der neuen Lebenssituation beizubehalten. Auf den morgendlichen Schwatz mit Graziella, der Bedienung in der Altstadt Bar, will er nicht verzichten. Obwohl bereits gegen Elf ist, bricht er, nach nochmaliger Beschäftigung mit seinem Harndrang, auf und verlässt die

Wohnung. Am Kiosk möchte er ein Paket Gauloises kaufen. Muss zu seinem Entsetzen feststellen, dass es die Gauloises Bleu ohne Filter, die sich in seiner nostalgischen Gedächtniskiste eingenistet haben, in der Form, wie es sie damals gegeben hatte, nicht mehr gibt. Da sticht ihm aus dem Gestell mit den unzähligen Zigarettenmarken ein nilgrünes Paket in die Augen.

„Das dort, bitte!"

„Das?"

„Nein, das daneben. Nicht das orange, das nilgrüne."

„Ach, die American Spirit grün."

„Und ein Feuerzeug. Ach so. Das da!"

Renner erschrickt über den Preis. Zuckt mit den Schultern. Reisst das Paket wohlgelaunt auf. Steckt sich nach all den Jahren der Enthaltsamkeit zum ersten Mal wieder die erste Zigarette in den Mund. Zündet sie an. Zieht den Rauch ein. Stösst ihn aus. Freiheit, die ich meine, denkt er grinsend und fragt sich, woher sich dieser Spruch bei ihm eingenistet hatte.

Graziella sieht Renner verwundert an. „Habe ich richtig gesehen. Rauchst du seit neustem? Bist du krank. Du bist schrecklich spät dran. Hast du dich verpennt?"

Graziella studiert Geschichte mit Nebenfach Publizistik. Sie schreibt an ihrer Masterarbeit. Über die Anfänge der blühenden Strohverarbeitungsindustrie im Freiamt im 19ten Jahrhundert. Bei dem landesweit bekannten Geschichtsprofessor, der als Linker verschrien ist. Der vom Querdenker als Geschoss gegen die liberal bürgerlichen Ideen der FLB benutzt wird. Seine brillant geschriebenen Essais und

Artikel werden selbst von bildungsferneren Schichten gelesen. Seine Bücher werden in der Regel zu Bestsellern. Graziella stöhnt. Menschlich sei er total okay, doch so ein Chaot. Die Disposition zu ihrer Arbeit habe er bloss siebenmal verlegt. Sie habe sie ihm siebenmal nachliefern müssen. Der fachliche Austausch mit ihm sei genial. Doch befürchte sie, dass es Jahrzehnte dauert, bis er ihre Arbeit endlich durchlesen und bewerten wird.

Als Renner jeweils um halb Acht die Altstadtbar für seinen Espresso und die aufliegenden Zeitungen aufgesucht hatte, war er meist der einzige Gast gewesen. Doch auch heute, wo er erst um 11 Uhr 15 das Lokal betritt, sind keine anderen Gäste da.

Renner und Graziella verfolgten, seit Graziella hier neben ihrem Studium jobbt, lustvoll die Hahnenkämpfe der Politiker. Sie versuchten, die Strategien herauszufinden, die hinter den Verlautbarungen der Politiker stecken. Sie versuchten auch, die vordergründig auf Klatsch & Tratsch, Sensationen, Katastrophen und Empörungsgeschrei abonnierten Boulevardmedien auf die politisch-strategischen Hintergrunde zu analysieren. Im Bewusstsein, dass die Geldgeber, die meist graue Eminenzen der verschiedenen Parteien sind, dem, was sie das Volk nennen, ihre Themen runterjubeln. Um dann scheinheilig im Parteiumfeld zu behaupten, das Volk wünsche dies oder das. Ein Paradestück zur Analyse von parteipolitischen Machtkämpfen waren für Renner und Graziella die Aufschreie um die Planung, den Bau und den Bezug des Amtshauses Eichenviertel gewesen. Wo es vordergründig um Kosten und / oder Schutz der nostalgisch verklärten Stadtansicht, in Wahrheit aber um verbitterte Machtkämpfe und Selbstdarstellungen gegangen war.

An diesem Freitagmorgen um 11 Uhr 15 überfällt Graziella Renner gleich mit der Frage, was er vom neusten Coup halte? Renner zieht eine Grimasse und schüttelt seinen Kopf.

„Neuster Coup?! Ach, weisst du, Graziella, mit den Medien habe ich endgültig abgeschlossen."

„Luzi Felber, ein Sklave von Plattmann, kommt manchmal her, Schriftsteller, und Jurist, ein lässiger Typ, soll einen anderen Sklaven von Plattmann von einem Balkon im siebenten Stock des Amtshauses Eichenviertel geworfen haben. So Tele Langi und ALTER KLEISTER. Wie die Medien es bloss schaffen, sich während Jahren an einem Thema wie dem Amtshaus Eichenviertel gesund zu stossen und uns dann als Schlussbouquet erst noch einen Fenstersturz präsentieren können – der perfekte Skandal! Die Medien und ihre Inszenierungen hauen einen schlicht aus den Socken."

„Nicht die Medien inszenieren, Dummköpfe oder Genies werfen eine oder mehrere kleine Perlen vor die gierigen Schreiberlinge und Videojockeys, die sie den Dummen dieser Welt als einzigartige, riesige Perlenwunder verklickern."

Graziella zeigt Renner auf ihrem iPad mini den gestrigen Beitrag von Tele Langi zum Fenstersturz. Erwähnt nebenher, dass dieser Augenzeuge auch schon in der Altstadtbar gewesen sei. Falls sie sich richtig erinnere mit Luzi Felber zusammen

„Luzi Felber ist ein so lässiger Typ. Warte, wenn man die Homepage der HoGeRaLa anklickt und dort das Team, dann … Hier! Sieht er nicht blendend aus. Dieser blonde Wuschelkopf. Und er trägt immer blau-grün karierte Holzfällerhemden. Und einen flattrigen Lammfellmantel. Ich habe ihn gefragt, wie geht es, als Jurist auf einem Amt zu arbeiten und so ausgeflippt gekleidet zu sein. Weisst du, was er darauf geantwortet hat?! Wenn du fachlich gut bist und die andern wissen, dass sie auf dich angewiesen sind, kannst du dir beinahe alles erlauben. Ich wünschte mir, ich würde einmal genau so lässig werden wie er. Dieser Schwätzer Plattmann mit seinen etwas zu eng anliegenden Anzügen, weissen Hemden und hellblauen Krawatten und der akribisch auf Korrektheit abonnierte Fiedler, der der höchste Chef von beiden ist, müssen einen so ausgeflippten Typ in ihrem Amt dulden, weil er einfach gut ist. – Sag mal, stimmt es, dass die FLB dich fristlos gefeuert hat, weil du so witzig über die Schmiererei des Schmierfinks geschrieben hast?"

„In gegenseitigem Einverständnis mit der Geschäftsleitung wurde mein Vertrag als Redaktor des Feuilletons der FLB aufgelöst, wobei über die Gründe, die zu diesem Schritt führten, Stillschweigen vereinbart wurde."

„Aha."

„Ja."

Die Informationsbombe 13 Uhr 13

Nach beendetem Besuch im endlosen Amtskorridor des fröhlichen Amtes tritt Pfund vor die Holzbaracke und nervt sich, dass Alfonsini, der Gerichtsmediziner, sich noch immer nicht gemeldet hat. Er starrt auf sein Handy und sieht, dass es ausgeschaltet ist. Die über zwanzig Anrufe von Alfonsini zwischen 22 Uhr 12 gestern Abend und vor wenigen Minuten lassen Pfund Böses ahnen. Insbesondere weil dazwischen seit heute Morgen auch Stöckli unzählige Male versucht hat, ihn zu erreichen.

„Sepp, endlich, endlich! Ich habe Blut geschwitzt, ich sage dir, Blut geschwitzt. Ich hatte schon gestern versucht, dich zu erreichen. Und was ich dir mitzuteilen habe – ich hoffe, du sitzst sicher auf deinem breiten Hinterteil –, ist harter Tabak. Als ich um Viertel vor Zehn zum Unglücksort kam, herrschte dort riesige Aufregung bei den Polizisten der Spurensicherung. Beim Warten auf mich hatten sie sich an die Seite des Zeltes gestellt, um ein paar Zigaretten zu rauchen. Als einer dann trotz allem wieder einen Blick ins Zelt wirft, ist die Leiche, die wir hatten, weg! Verschwunden! Hat sich aus dem Staub gemacht. Der grässliche Gestank im Zelt, du, erinnerte mich sogleich an die Stinkbombe, die mein Sohn einmal in unserer Stube abgefeuert hatte, weil er geglaubt hatte, es sei ein Vulkan und sprühe hübsche Funken. Die Blutlache, Theaterblut. Ich ahne, dir, Sepp, hat es die Sprache verschlagen …"

Pfund hat es nicht die Sprache verschlagen. Er hat neue Tatsachen vernommen. Diese zu kommentieren ist verfrüht. Er findet die Inszenierung, die scheinbar ein paar Chaoten sich hatten einfallen lassen, fantasievoll und witzig. Er amüsiert sich, dass mit einem Scherz in die Wirklichkeit eingegriffen werden kann.

„Pablo, das sind ja Neuigkeiten. Zu allem Überfluss ist Güldinger bis am Montag nicht zu erreichen. Immer weg, wenn man ihn am Dringendsten braucht. Ich muss mir überlegen, wie jetzt vorzugehen ist. Danke für deinen offenen und amüsanten Bericht. Ich werde dich auf dem Laufenden halten. Und den Güldinger am Montag als

Erstes informieren und dir dann gleich Bericht geben, wie es
gelaufen ist …"

Kurz frische Luft geschnappt 13 Uhr 19

Renner übt sich in der launigen Lust, ziellos der
Nase nach zu gehen. Er findet seinen Spass daran und landet
im Langwardischen Kunstmuseum, in der ständigen
Sammlung des Museums, ohne etwas anderes zu beachten
direkt in der Abteilung mit Kunst aus der Spätgotik, vor der
Altartafel von Michael Pacher aus dem Jahr 1483, wo in
städtischer Umgebung der Teufel dem Bischof als
erschröckliches grünes Ungeheuer mit hässlicher Fratze, mit
Hörnern auf dem Kopf, mit feurigen Augen, mit
krallenhaften Stosszähnen, die aus der roten Lefze ragen eine
Bibel hinhält. Dieser Teufel mit einem Gesicht als Arsch, mit
dem knochigen Körper, den stelzenhaften Beinen, die in
Hufen enden. So menschlich, so unmenschlich dieser Teufel.
Und der Bischof, in einer Seelenruhe segnet er, als ob nichts
ist. Renner bricht unwillkürlich in Lachen aus. Die Macht des
Bösen ist gebrochen, wenn und sobald Lachen wieder
möglich ist. Renner schaut angstvoll um sich. Er befindet sich
alleine in diesem Ausstellungssaal. Macht keinen Idioten aus
sich. Lacht dann zusätzlich noch über seine Illusionen von
Illusionen anderer. Die beim Anblick eines in der
Öffentlichkeit lachenden Renners weiss der Kuckuck was
denken sollen. Er lebt im Spass, den das scharfe Beobachten
von Zugefallenem und das Bedenken des Beobachteten in
spontanen Gedanken und Assoziationen bereiten. Ein
Lieblingsbild seit Jahren, dem sich zu widmen er sich nun
wieder einmal Zeit genommen hat, die er als Gewinn und
nicht als Vergeudung erlebt. Geht erneut in Gedanken

versunken und in launiger Lust ziellos aus dem Kunsthaus raus und der Nase nach.

Nach einem längeren Fussmarsch durch die Stadt fragt Renner sich plötzlich, wo zum Teufel bin ich hier gelandet? Das ist doch, mich laust der Affe, die Uferpromenade Pletten, die Fortsetzung des Amtshausquai, der Willat entlang. Er atmet die herrliche Luft ein. Ist total überrumpelt davon, wohin seine gedankenlosen Schritte ihn lenken, während er in Gedanken verloren ist. Und, o Wunder, an einen Ort, der ihn bei der bereits wärmenden Sonne trotz des Winters echt beflügelt. Er atmet nochmals tief durch. Sein Blick fällt auf die hangseitigen Stützmauern der Uferpromenade, die den Spazierweg von der etwas höher gelegenen Stadt abtrennen, anscheinend Wände sind, die legal besprayt werden dürfen und mit wilden Graffiti und wilder Street Art, übersät sind. Renner entdeckt für sich die Reize eines Flaneur-Daseins. Er schwört sich, ab sofort dem Flanieren in seinem Leben einen festen Platz einzuräumen.

Am Rand seines Blickfeldes nimmt Renner, zuerst unbewusst, wahr, wie ein Sprayer am Werk ist. Am Fuss der Mauer etliche Spraydosen deponiert hat. Farbe auf die Wand sprayt. Ein paar Schritte zurück tritt. Seinen Kopf mal so, dann anders hält. Sein Werk begutachtet. Dann wieder näher an die Wand tritt. Zaghaft seinen Arm mit der Spraydose in der Hand ausstreckt. Plötzlich in einer zielgerichtet-schwungvollen Bewegung das Bild mit einer Farbe ergänzt. Renner staunt über den Schwung der Bewegung. Die Zielgerichtetheit. Die Bestimmtheit. Wie dieser Typ konzentriert schaut, beobachtet, sich dann zum Handeln, zum Sprayen entschliesst und zielgenau in knappen

Bewegung genau die Farbtupfer, -flächen und –linien setzt, die gefehlt hatten.

Der Sprayer ist, wie seinen bestimmten und kontrollierten Bewegungen zu entnehmen ist, ein sportlicher Typ in verwaschenen Jeans mit Farbflecken und in einer schwarzen Kapuzenjacke, die ebenfalls Spuren des Sprayens zeigt. Die Kapuze hat er über seinen Kopf gezogen. Renner kann nicht erkennen, ob der Mann jung oder alt ist, schliesst aber aus Figur und Bewegungen, dass es sich bei ihm um keinen schlaksigen Jugendlichen handelt.

Das Bild, an dem der Sprayer arbeitet, ist erst in Konturen zu erkennen und doch ahnt der gewiegte Betrachter, dass da ein ganz erschröckliches Ungeheuer im Entstehen ist. Wie – Renner staunt über diesen Zufall – das Ungeheuer von Pacher, das er soeben noch im Kunstmuseum betrachtet hatte. Und wie – Renner glaubt zu träumen – das Ungeheuer des Graffito über dem Eingangsportal der Holzbaracke. Das Graffito, das Renner unerwartet dieses Flaneur-Dasein beschert hat. Kein Zweifel, da ist der gleiche Künstler am Werk, hier und zuvor an der Holzbaracke. Und die Inspirationsquelle ist ebenfalls klar. Doch schafft es dieser begnadete Künstler, das Ungeheuer der Spätgotik in einer Weise umzugestalten, dass seine Ungeheuer heutige sind und die heutigen Betrachter als absolut heutige Ungeheuer anspringen, eine Botschaft im Sinne von cave canem vermitteln und die Betrachter in kurzes Entsetzen und dann in befreiendes Lachen stürzen. Wie das Ungeheuer an der Holzbaracke zeigt, kann ein gut platziertes Bild für ganz schönen Aufruhr sorgen. Keine Frage, der Sprayer hier an der Pletten Uferpromenade ist der ominöse Schmierfink. Renners Schmierfink. Renner gelingt es, seiner habhaft zu werden und ihn in Kürze kennenzulernen. Renner gerät ganz aus dem Häuschen.

Im Moment, als Renner sich ein Herz fasst und sich anschickt, auf den Sprayer zuzugehen, sieht Renner, wie ein Mann sich dem Sprayer nähert. Wie der Sprayer auf den sich ihm nähernden Mann aufmerksam wird, seine hohe Anspannung des ganzen Körpers und des ausgestreckten Armes mit der Spraydose in der Hand gleichsam wegschmilzt und er sich dem Mann zuwendet. Und dieser Mann, in einem zotteligen Lammfellmantel, darunter am beim Ausschnitt hervorragenden Kragen klar zu erkennen ein blau-grün kariertes Holzfällerhemd und der blonde Wuschelkopf, eindeutig der Typ, Luzi Felber, der angeblich den jungen Mann vom Balkon geworfen hat und von dem Graziella soeben noch in den höchsten Tönen geschwärmt hatte. Renner hält sich diskret zurück, schickt ein Stossgebet zum Himmel, dass die Beiden nicht auf ihn aufmerksam werden. Hofft auf eine günstige Gelegenheit, einen der Beiden zu packen und auszuquetschen, um seine Neugierde zu befriedigen.

Nach kurzem Gespräch trennen die Beiden sich. Der Sprayer konzentriert sich wieder auf sein Bild. Der Mann im zotteligen Lammfellmantel entfernt sich in Richtung Allmendquai, das nach dem Stettenplatz mit seinen pompösen Hochhäusern die Fortsetzung der Uferpromenade Pletten ist. Renner geht Felber eilend hinterher holt ihn ein, macht ein paar Schritte auf gleicher Höhe wie er und quatscht ihn an.

„Keine Sorge, ich bin nicht Promi-geil und werde sie nicht auf das ansprechen, womit sie zurzeit in aller Munde sind."

„Womit bin ich zurzeit in aller Munde," strahlt Felber Renner fragend an. Beginnt dann zu lachen und fügt an, „Ich wäre so gerne im Gerede, doch nicht wegen dieses Zeugs da, aber wegen meiner Romane und Theaterstücke, für die kein Schwein sich zu interessieren scheint."

„Ach, sie schreiben. Und ihr Kollege malt, Wie heisst er gleich wieder, ihr Kollege?"

„Alois Schaffner, weshalb? Kennen sie ihn? – O, ich Arschloch. Sind sie verdeckter Ermittler und ich plaudere kopflos die Identität des ‚Schmierfinks' aus, den die Polizei dringend sucht und den sie dann bestimmt standrechtlich erschiessen wird!"

„Fehlalarm, weder sie, Herr Felber, noch Herr Schaffner haben etwas von mir zu befürchten. Warten sie, könnte es sein, dass Herr Schaffner der ominöse Augenzeuge von Tele Langi ist? Arbeiten sie beide etwa zusammen?"

„Ich bin schrecklich in Eile. Ich muss, ich muss. Ich würde gerne noch weiter mit ihnen plaudern, doch die Pflicht ruft. Tschüss!"

„Und wenn ich ihnen sagte – bloss einen Augenblick – , dass ich der bin, der den Sprayer als ‚Schmierfink' bekannt gemacht hat."

„Bobby Renner von der FLB?!"

„Und sie zum Beispiel als Schreiberling weltbekannt machen könnte …"

„Bedaure, ich muss tatsächlich. Die Pflichten rufen tatsächlich. Ich muss dringendst zurück zur Arbeit. Tschüss."

Renner würde Felber am Liebsten nachrufen, stellen sie ihr Licht nicht unter den Scheffel. Mein Angebot war zwar Bluff. Doch , so scheint mir, sie schämen sich ihrer schriftstellerischen Werke. Kopflos davonzurennen, wenn sich eine Chance bieten könnte. Mensch Felber, wenn sie was zu sagen oder besser: zu schreiben haben, seien sie stolz darauf!

Höllisches Gelächter im Untersuchungsgericht 14 Uhr 12

Pfund rast zurück in sein Büro und platzt ohne anzuklopfen ins Büro der Miriam Stöckli.

„Miri, wir haben keine Leiche mehr!"

„Sepp, ich weiss, wo Güldinger sich herumtreibt!"

Stöckli und Pfund rangeln kurz, wer seine Geschichte zuerst zum Besten geben darf. Pfund als Gentleman findet, Ladies first. Stöckli als Realistin findet, age before beauty.

„Also Sepp. Die Grassegger am Empfang des Untersuchungsgerichts hat mir dieses Blatt Papier, den Ausdruck einer Email gegeben. Güldinger habe, als er am Donnerstag nach Fünf das Untersuchungsgericht verlassen habe, ihr kurz zugerufen, er sei erst am Montag wieder da. Unter seinem Arm habe er einen Stapel Papiere getragen. Ein Blatt habe sich verselbständigt, sei davongeflattert und langsam zu Boden geschwebt. Bis sie, die Grassegger, sich aus ihrem Kabäuschen hinausgewunden und das Papier aufgehoben habe, sei das schwere Portal bereits wieder ins Schloss gefallen und Güldinger über alle Berge gewesen, so dass sie das Papier nun mir gebe. Und was enthält dieses Schriftstück, was wohl? Rate, Sepp! Du wirst nie draufkommen. Es ist eine E-Mail. Von Geri Plotz an Güldinger."

„Geri Plotz?"

„Genau. Der Schrauben-Geri. Der Baubedarf-Tycoon! Und der Schrauben-Geri bestätigt unserem Güldinger, dass der Flug nach Nizza wie bereits mitgeteilt am Donnerstag um 10.00 vom Privatjet-Terminal abhebe, die Suiten im Negresco und auch der Golfplatz für Samstag reserviert seien. ‚So schön, dass du und deine verehrte Frau Gemahlin mit von der Partie seid! Ich freue mich riesig! Dein Geri'. Hat man da noch Worte. Kongress mit internationalen Fach-Kapazitäten auf der Alp – dass ich nicht lache!"

„Der Güldinger hat doch neulich diesen Fall gehabt mit der Casino-Flunder, wo es um Verstösse gegen die Spielbankenverordnung, das Geldwäschereigesetz oder weiss der Kuckuck was gegangen war. Plotz ist doch Hauptaktionär der Casino-Flunder. War doch daher ins Gerede gekommen, dass er als seriöser Baumaterialien-Produzent ausgerechnet ins Glücksspiel investiere. Güldinger hat den Fall doch erledigt, oder?"

Stöckli und Pfund amüsieren sich köstlich. Doch Pfund kann mit seiner Neuigkeit nicht länger zurückhalten.

„Miri, wir haben keine Leiche mehr! Ja, da machst du grosse Augen. Vor den Augen der Polizei ist die Leiche verschwunden. Die beiden Polizisten – du, im Blickschutzzelt hat die Luft sich gestaut, es hat furchterlich gestunken, ich begreife die Polizisten – vertraten sich die Füsse neben dem Zelt, rauchten ein paar Zigaretten, bis um etwas nach Zehn Alfonsini angehetzt kam und die Leiche explorieren wollte. Der Gestank, eine kleine Stinkbombe, wie Kinder sie gerne loslassen. Die Blutlache, Theaterblut. Und keine Leiche! Ohne Güldinger können wir nichts unternehmen. Bis Montag müssen wir beide dicht halten, absolut dicht. So vereinbart mit Alfonsini. Und ich armes Schwein darf keinen harmlosen

Bürger als Mörder entlarven, aber muss herausfinden, wo unsere muntere Leiche leibt und lebt. Und welche Witzbolde hinter diesem Chaoten-Streich stecken. So ändern sich unsere Aufgaben und wir ändern uns mit ihnen. Ich hatte von Anfang an geahnt, da ist etwas faul im Staate Transköl!"

„Im Amtshaus Eichenwald, der Holzbaracke."

Weil der Nachmittag noch nicht gar so weit fortgeschritten ist und der Feierabend auf sich warten lässt, erinnert Pfund sich, dass er neulich eine Flasche Pink Champagne in den Kühlschrank der Cafeteria gelegt hatte, um bei Gelegenheit Emmi mit diesem Mitbringsel zu überraschen. Nun bietet sich wahrhaftig die Gelegenheit, das weitere Vorgehen mit Stöckli anzudenken, dabei zu prüfen, ob die Wahl der konkreten Pink Champagne-Marke eine gute war und die Flasche für Emmi halt bei Gelegenheit wieder zu ersetzen. Pfund und Stöckli philosophieren beim prickelnden Getränk über die Zufälle im Alltag, die alle Vorstellungen in den Schatten stellen. Kurz nach Fünf wird Pfund ungemütlich.

„Entschuldige, Miri, dass ich ungemütlich werde. Die Flasche ist ja leer und …"

„Ich weiss, ich weiss, lass deinen Freund, den Penner, bloss nicht warten. Schönen Männerabend!"

Gräbli-Bar 17 Uhr 45

An diesem frühen Freitag-Abend ist die Gräbli-Bar eine Oase der Stille. Der Barkeeper sitzt alleine und verlassen hinter der Bartheke auf einem Hocker und liest in einem Lehrbuch über Schuldbetreibung und Konkurs. Als die Türe sich öffnet, hebt er etwas unwirsch seinen Kopf, sieht hin und strahlt den Eintretenden an, der ihn auch gleich grinsend begrüsst.

„Hallo Ronni. Wann ist die Prüfung?"

„Hallo Doppelzentner. In zwei Wochen."

Einschiebsel: Pfund und Renner, die beiden Freunde, betiteln sich gegenseitig mit Übernamen und sprechen sich auch so an. Pfund nennt Renner „Renner du Penner" und Renner nennt Pfund „Doppelzentner", weil – das schleckt keine Geiss weg – Pfund ein gewichtiger Mann ist. Ihr gemeinsam frequentiertes Umfeld hat diese Spitznamen übernommen. So kommt es, dass Pfund auch für den Aushilfs-Barmann der Gräbli-Bar, Ronni, selbstverständlich Doppelzentner ist.

„Wenn du weiter büffeln möchtest, bediene ich mich selber."

„Das könnte dir so passen. Ich kenne dich. Nimmst ein Bierglas und schenkst es randvoll mit dem teuersten Schnaps."

Pfund mag Ronni und blödelt gerne mit ihm rum. Er hat mitbekommen, dass selbst an den Unis mit dem Bologna-System der Schulbetrieb zugenommen hat. Studenten ständig Prüfungen abzulegen haben. Das fidele Studentenleben längst Geschichte ist. In dem Masse, wie der Formalismus zunimmt, denkt Pfund, geht es mit der Menschlichkeit und dem gesunden Menschenverstand bachab. Er möchte nicht mit diesen jungen Menschen tauschen, die neben dem Studium jobben müssen. Und, wie figura Ronni zeigt, dabei nicht einmal ihren Humor verlieren. Sie kennen eben nichts anderes, beschliesst Pfund seine nostalgischen und scheinheilig verlogenen Gedanken, die alles Vergangene verklärt in Rosarot bedenken.

Ronni scheint nicht ausgesprochen verärgert zu sein, dass ausgerechnet er, Pfund, die noch leere Bar betritt. Ohne grosse Worte nimmt jeder Anteil am Leben des anderen. Ronni und Pfund sehen sich selten. Dennoch hat jeder im Leben des anderen seinen bestimmten Platz. Pfund überlegt sich, wie er betrübt sein wird, wenn plötzlich Ronni nicht mehr hinter der Theke steht. Besseres zu tun hat. Pfund sieht Ronni bloss, wenn er nach Feierabend mit Renner verabredet ist.

Ronni weist mit einer Hand zur Pastis-Flasche auf dem Gestell mit den aufgereihten Schnapsflaschen hinter der Theke. Sieht Pfund fragend an. Dieser nickt. Ronni weiss, Pastis ohne Eis, die Karaffe daneben gefüllt mit viel Leitungswasser. Renner hingegen liebt seinen Pastis mit viel Eis und einem Glas daneben, das ausschliesslich mit Eiswürfeln gefüllt ist. Dann wirft Renner ständig einen Eiswürfel nach dem andern in seinen Pastis. Während Pfund in seinen Pastis Wasser nachgiesst, bis die grosse Karaffe leer ist.

„Du nimmst es mir altem Mann nicht übel, wenn ich mich gleich an einen Tisch setze. Auf einem Barhocker herumbalancieren ist nicht mein Ding. Ich will nicht zu Tode stürzen."
„Apropos stürzen: Stimmt es, dass dieser Luzi Felber – erst noch ein Jurist – einen Kollegen zum Fenster rausgeschmissen hat?"

Pfund ist in der bedauerlichen Situation, dass er nirgends von seinem Beruf loskommt. Geschieht etwas Ausserordentliches, löchern ihn die Leute ungeniert. Als alter Fuchs weiss er, dass es nicht das Amtsgeheimnis ist, das ihn daran hindert, über gewisse Dinge zu plaudern. Doch der Wunsch, in seiner Freizeit nicht als Polizist, aber als Mensch behandelt zu werden. Dann die Zwickmühle, dass er den unschuldigen Felber reinwaschen möchte und nichts von seinem Wissen preisgeben darf. Vorsicht ist die Mutter der Porzellankiste und Schweigen ist Gold.

„Entschuldige, Doppelpfund. Wird nie wieder vorkommen. Ich weiss du bist hier nicht im Dienst."

„Okay! Bloss ein Wort: Tele Langi und ALTER KLEISTER stellen Luzi Felber wider besseres Wissen als Mörder dar. Und sie wissen es. Hätten wir Tele Langi und ALTER KLEISTER nicht, wäre das Leben bloss halb so wild."

„Tele Langi, ALTER KLEISTER – zum Gähnen!"

„Sag das nicht, wo der treue Glauben und der schöne Fredi sich solche Mühe geben, etwas Schwung in unseren langweiligen Alltag zu bringen. – Hast du Schiss vor den Prüfungen?"

Während sie sich unterhalten, setzt Pfund sich an einen kleinen runden Tisch mit gewöhnlichen Stühlen. Die beiden Tische mit Sesseln mag er nicht. In den Sesseln versinkt man zu sehr und hat dann, wenn man wieder aufsteht, von der gekrümmten Sitzhaltung einen steifen Rücken. Ronni giesst Pastis in ein Glas. Füllt eine grosse Karaffe mit Leitungswasser. Stellt beides zusammen mit einem kleinen Schnapsglas, in das er den Kassenzettel steckt, den er aus der Registrierkasse ausdruckt, auf ein ovales Silbertablett, auf dem er die Dinge an Pfunds Tisch bringt.

Dort einzeln vom Tablett auf den Tisch befördert. Dann verschwindet er mit dem Silbertablett wieder hinter der Theke. Wo er im Reden bei der lakonischen Feststellung anlangt, nein, Schiss vor den Prüfungen habe er nicht. Schliesslich habe er sich vorbereitet. Wobei er nicht garantieren könne, im letzten Moment dann doch schrecklich nervös zu sein

In dem Moment wird die Eingangstüre geöffnet. Renner erscheint. Er reicht Ronni seine Hand zur Begrüssung über die Theke und nähert sich Pfund.

„Penner, ich hatte schon gedacht, du versetzt mich. Lässt mich mit meinen fünf Bier alleine hocken!"

„Doppelpfund, ach, Doppelpfund, ich mache mir Sorgen um deine Leber, bereits beim fünften Bier?!"

Ronni kredenzt, ohne einen zusätzlichen Wortwechsel, Renner einen Pastis mit viel Eis.

„Zu deinem Fenstersturz ...," beginnt Renner mit spitzbübischem Grinsen, fängt bereits für diesen Satzanfang von Pfund einen so bösen Blich ein, dass er nicht weiter redet. Pfund und Renner sehen sich gespielt böse an. Blecken ihre Zähne, knurren sich an, bis sie beide zu lachen beginnen.

„Ich weiss, ich weiss, in deiner Freizeit ist deine Arbeit tabu und ich als dein Freund sollte deinen Wunsch unbedingt respektieren. Deshalb erwähne ich den Fenstersturz mit keinem Wort mehr. Denn dieser Fenstersturz geht mich nichts an. Ernsthafte Dinge, ich meine, weshalb sich seine gute Laune mit solchen Dingen verderben. Schwamm über den Fenstersturz, wir vergessen ihn ein für alle Mal. Wir tratschen bloss noch. Heute bin ich zufällig Luzi Felber begegnet, als er mit Alois Schaffner, dem ‚Schmierfink‘ plauderte und dann …“

Die Gräbli-Bar füllt sich recht schnell. Im Nu sitzen um alle Tische, in den Fauteuils, auf allen Barhockern Menschen. Der Lärmpegel ist inzwischen hoch.

„Entschuldige,“ murmelt Pfund in Gedanken versunken, Renner unterbrechend.

„Was soll ich entschuldigen?“

„Ich habe einen fahren lassen,“ wirft Pfund lakonisch hin. „Entschuldige.“ Dann grinst Pfund teuflisch, so dass Renner nicht weiss, ob sein Freund dabei ist, ihn auf den Arm zu nehmen. „Ich habe in aller Öffentlichkeit einen fahren lassen.“

„Gefurzt?“

„Ja.“

„Stinkt aber gar nicht.“

„Nicht alle Fürze stinken.“

„Euch ausgewachsenen Männer zuzuhören, Doppelpfund und Penner,“ ruft Ronni theatralisch dazwischen. „Ihr solltet euch zuhören. Peinlich, peinlich. Ein Paradestück fürs Fremdschämen!“

„Zahlen bitte!“

TV-Aktualitäten 18 Uhr 00 (kleine Auswahl)

<u>Tele Langi</u>

Nach der Ankündigung DAS NEUSTE VOM FENSTERSTURZ berichtet Urs Glaubtreu, dass sowohl das Untersuchungsgericht, als auch der HoGeRaLa von Cäsar

Plattmann und die betroffene regierungsrätliche Direktion von Iwan Fiedler weitere Informationen oder Auskünfte verweigerten. Durch Zufall habe man erfahren, dass der mit der Untersuchung betraute Untersuchungsrichter scheinbar abwesend und erst wieder am Montag erreichbar sei. Das werfe Fragen auf. Deshalb habe die Bevölkerung erst recht ein Recht darauf, transparent informiert zu werden. Tele Langi bleibe dran und sei bereit für die Wahrheit zu kämpfen. Dem Aufruf nach Augenzeugen hätten etliche Personen sich gemeldet, könnten jedoch bloss Aussagen zur Situation nach dem Fenstersturz machen. Man habe sich daher dazu entschlossen, Politiker der verschiedensten Couleur zu fragen, was davon zu halten sei, dass schon wieder Plattmann mit seinem HoGeRaLa ins Gerede komme. Im Bild nun der Präsident der CfT, der mit besorgtem Gesichtsausdruck erklärt, man werde genau hinschauen, stehe aber voll und ganz hinter ihrem Partei-Mitglied Plattmann, der ein integrer Mann und vorzüglicher Präsident des HoGeRaLa sei. Dann im Bild der Präsident der PfdV, auch er mit besorgter Miene. Er räuspert sich lange. Dann hebt er zur schwungvoll intonierten Sentenz an, die PfdV vertrete das Volk. Überlege sich genau, mit welchen anderen Parteien sie sich ein Zusammengehen vorstellen könne. Bisher hätte noch nichts darauf hingewiesen, dass CfT-Mitglieder sich gegen liberale und bürgerliche Ideale gestellt hätten. Im Bild anschliessend der Präsident der SDPT, der kopfschüttelnd und seine Augen verdrehend kichert, weshalb diesem mediengeilen Plattmann schon wieder eine solche Plattform geboten werde. Ein Unfall oder Verbrechen sei objektiv abzuklären. Dann folgt ins Bild ein aus den Fugen geratendes Interview, das von Urs Glaubtreu mit den Worten eingeführt wird, auch das wollen wir unseren Zuschauerinnen und Zuschauern nicht vorenthalten. Ein

Geschrei, und ein Mensch fuchtelt wütend mit seinen Händen und Armen vor der Kamera herum. Bloss bruchstückhaft sind seine Gesichtszüge und sein Hemdenkragen zeitweilig auszumachen. Ein blonder Wuschelkopf und der Kragen einer blau-grün karierten Holzfällerhemdes.

> *Was fällt ihnen ein, mich gegen meinen Willen zu filmen. Aufhören, aufhören. Ich werde gerichtlich gegen sie vorgehen. Bringen sie diese Bilder auf ihrem verschissenen Sender, wird es sie ein Vermögen kosten. Sein oder Nichtsein, das ist hier meine Frage. Ob ich's mit meinem Gewissen vereinbaren kann, zu all der Scheisse, die über mich ausgeschüttet wird, zu schweigen oder mich mit meinen Waffeln, Entschuldigung, selbstverständlich Waffen zu wehren. Träumen, ach, und in Idyllen abzuheben. Doch diese Träume sind viel zu süss und verursachen Magengrimmen. Es endlich wagen, mich auf meine Hinterbeine zu stellen, laut einen Furz zu lassen und so um meine Würde, die selbst sie mir nicht nehmen können, zu kämpfen, mit Fäusten und Fusstritten, bis ihre Scheiss-Kamera in Brüche geht.*

Dann der Schlusskommentar von Urs Glaubtreu.

> *Die beschädigte Kamera ist in Reparatur. Mit Verlusten bei intensiven Recherchen ist zu rechnen. Doch Tele Langi verfügt, um seine Zuschauerinnen und Zuschauern durchgehend auf dem Laufenden halten zu können, über verschiedene Kameras.*

TRF (Transköl Radio Fernsehen)

Weder in der Tagesschau noch in den Spätnachrichten wird der Fenstersturz in Langwardia erwähnt.

Blutiger Daumen 18 Uhr 30

Renner und Pfund sind auf der unteren Oberstadtstrasse mitten im Gedränge der Menschen in der Ausgangsmeile. Sie strecken ihre Köpfe in die kühle Luft. Schlendern zielgerichtet ihres Weges. Mit Ziel Blutiger Daumen. Pfund stutzt, bleibt stehen, hält Renner an einem Ärmelzipfel fest und weist mit dem Kinn in eine Richtung.

„Das ist doch der Primat!"

Renner nickt. Pfund haut den Primaten hoch erfreut und überrascht an.

Pfund hat eine lange Geschichte mit dem Primaten. Renner ist als zugewandter Ort erst viel später dazu gestossen. Der Primat heisst mit richtigem Namen Harry Kilmer. Kilmer war als junger Polizist dem etwas älteren Pfund als Streifenpolizist zugeteilt gewesen. Sie hatten während wenigen Jahren gemeinsame Patrouille gefahren. Inzwischen ist Kilmer Geschäftsführer einer international tätigen NGO, Politiker und als SDPT-Vertreter Mitglied im HoGeRaLa. Als in den Medien wegen irgendeines nichtigen Anlasses zu Recht oder zu Unrecht ein Kesseltreiben gegen den HoGeRaLa und vor allem gegen dessen Präsidenten, Plattmann, losgegangen war, hatte Kilmer sich sehr zum Entsetzen seiner Partei auf gelassene Art öffentlich hinter Plattmann gestellt mit der Bemerkung, der Präsident des HoGeRaLa könnte so verheerend, wie behauptet werde, überhaupt nicht wirken, weil er bloss Primus inter Pares sei. Diesen Spruch hatte Renner in seiner ‚Julia Hinterdemmonds Klatsch & Tratsch über Promis'-

Kolumne in der FLB kommentiert mit der Feststellung, damit habe der linke Kilmer sich als Primat der liberal bürgerlichen Behörde bewiesen. Als Pfund diese Kolumne las, brüllte er los vor Lachen. Rief sogleich Kilmer an und schrie lachend, „hallo Primat!" Seither lastet der Übername Primat auf Kilmer. Was, gemäss Renner, nicht total daneben sei, bei Kilmers tierisch sportlicher Figur, seinen langen, schlenkernden Armen und seinen Prachtsarsch.

Kilmer latscht in Gedanken versunken durch die Altstadt, ohne wahrzunehmen, was um ihn herum kreucht und fleucht. Erschrickt, als er plötzlich angefallen wird.

„Primat, du begleitest uns jetzt in den Blutigen Daumen. Wir müssen haargenau wissen, was, zum Teufel, beim HoGeRaLa läuft!", frotzelt Pfund und Kilmer wacht aus seiner Verträumtheit auf. Kilmer ist sichtlich hin- und hergerissen.

„Muss, sollte, will noch eine Besorgung für Belinda machen."

„Ach, der Primat ist Befehlsempfänger seiner Lady. Gibt sie dir Schläge, wenn du nicht gehorchst?"

Kilmer wirft grinst hin, „geht schon mal voraus. Ich komme nach. In den Blutigen Daumen, oder? Könnt mir bereits ein Bier bestellen."

„Wir kommen gerade vom Apéro. Steigen dann gleich mit Klevner ein. Kannst dann mithalten."

„Es wird nicht lange dauern. Bloss auf einen Sprung zu Ali Baba. Auf seiner Homepage hat er den Dirigenten der Meissener Affenkapelle ausgeschrieben. Mal sehen. Belinda liebt Äffchen so sehr."

Und schon ist Kilmer in die Menge der Passanten in der Oberstadt abgetaucht. Pfund und Renner schauen sich kopfschüttelnd und fragend an.

„Was will der Primat bei Ali Baba? Affen!"

Trudi, die alte Kellnerin des Blutigen Daumen bringt Pfund und Renner die Karte. Pfund bestellt eine Flasche Klevner und sagt, mit dem Bestellen der Speisen warteten sie noch, bis der Primat komme.

„Schön, euch alle mal wieder hier zu haben," sagt Trudi und verschwindet, um den Wein zu holen.

Als Trudi mit dem Wein zurückkommt und zwei Gläser füllt, fragt Pfund, wie sich nun das Problem mit dem Mietvertrag gelöst habe. Sie würden es ausserordentlich bedauern, wenn wegen der steigenden Mieten der Blutige Daumen als eine der wenigen noch urtümlichen Wirtschaften in der Oberstadt aufgeben müsste. Trudis Äuglein blitzen spitzbübisch. Das Problem sei gelöst. Die Hamburger-Kette, die den höheren Mietzins locker hingeblättert hätte, sei ausgetrickst. Ein anonymer Käufer der gesamten Liegenschaft sei aus dem Nichts aufgetaucht. Habe den Mietvertrag mit Tom, dem jungen Wirt, verlängert. Sogar den Mietzins etwas gesenkt. Tom wolle den Betrieb so belassen, wie er sei, solange er funktioniere. Falls sich eine Anpassung an die Zeit als unausweichlich erweisen würde, habe Tom schon total ausgeflippte Pläne. Zum Glück beschäftige Tom sie alte Schachtel weiterhin hier. Für sie sei der Kontakt zu diesen jungen Leuten notwendig.

„Auf das müssen wir anstossen, Trudi. Trinkst du ein Gläschen mit?"

„Einen kurzen Augenblick setze ich mich zu euch. Doch sobald der Betrieb losgeht, muss ich wieder. Prost!"

Pfund und Renner haben nach etlichem Hin und Her Trudi soweit, dass sie preisgibt, beim Käufer handle es sich um eine Käuferin. Eine einfache Frau, die um den Kauf dieses Hauses in der Oberstadt kein Aufhebens machen wolle. Sie habe im Quartier Finkenweiler von den Eltern einen kleinen Bauernhof geerbt, diesen günstig verkaufen können und sei dann als einfache Frau aus Überzeugung zur guten Tat geschritten, weil – so die Käuferin, die unbedingt anonym bleiben wolle – dem Vormarsch das globalisierten Grosskapitals ein Riegel geschoben und den Immobilienhengsten der Meister gezeigt werden müsse.

Pfund und Renner wissen, dass die Tochter eines Kleinbauern in Finkenweiler Trudi selber höchstpersönlich ist. Die nach einer gescheiterten Ehe mit zwei Kindern als alleinerziehende Mutter dagesessen hatte. Mit einem geschiedenen Ehemann, der nach Thailand abhaute und keine Alimente bezahlte. Nach etlichen Versuchen, als Coiffeuse, ihrem erlernten Beruf, sich und die Kinder ehrlich durchzubringen, reichte das Geld an keinen Ecken und Enden. Insbesondere nicht mehr, als die Kinder Mittelschulen besuchten. Und studieren wollten. Trudi stieg dann für ein paar Jahre ins horizontale Gewerbe ein. Bis sie die Nase voll davon hatte. Und im Blutigen Daumen in Service ging. Vor kurzem waren, das hatten Pfund und Renner mitbekommen, beide ihre Eltern kurz nacheinander gestorben. Der Bruder hatte sich vor Jahren bereits den goldenen Schuss gegeben. Weder eine Frau noch Nachkommen hinterlassen. Tom und sein junges Team, das den Blutigen Daumen vor einigen Jahren übernommen hatte und wider Erwarten die Wirtschaft im alten Stil als einfache Wirtschaft weiterführt und damit ein erstaunlich junges Publikum heranziehen konnte, war glücklich, Trudi von den alten Wirten, die sich altershalber aus dem aktiven Geschäft zurückzogen hatten, übernehmen zu können. Trudi gehört irgendwie zum Inventar des Blutigen Daumen.

Das Weitere ist Trudis Geheimnis und das verrät sie nicht. Da der neue Mietvertrag über einen Anwalt läuft, hat Tom bloss zur Kenntnis nehmen können, dass die neue Eigentümerin der Liegenschaft eine Stiftung ist. Tom erklärt Trudi immer wieder, er sei schon neugierig darauf, wer hinter dieser Stiftung, der der Blutige Daumen nun gehöre, stecke. Sobald er Zeit habe, werde er sich im Internet schlau machen. Doch der fordernde Betrieb der gut laufenden Wirtschaft hat Tom seinen Vorsatz bisher noch nicht in die Tat umsetzen lassen. Zudem ist Trudi genügend diskret und hat auf der Homepage ihrer Stiftung geflissentlich die Erwähnung ihrer Person vermieden. Stiftungsräte sind ihre Kinder, die beide den Namen ihres geschiedenen Ehemannes tragen, während sie nach der Scheidung wieder ihren Mädchennamen angenommen hatte.

Trudi plaudert munter über den Betrieb im Blutigen Daumen, und trinkt gerne ein paar Schlucke Wein. Ein paar weitere Gäste betreten das Restaurant. Trudi schwirrt mit entschuldigendem Lächeln und einem kurzen Dank davon.

Pfund und Renner schauen sich zufrieden verschwörerisch an und geben das Bild von zwei gestandenen Mannsbildern ab, die mit dem, was sie soeben erfahren haben, vollauf glücklich sind. Ohne eine Miene zu verziehen, lässt Pfund fallen, das Verhalten der FLB ihm, Renner dem Penner gegenüber überrasche ihn nicht, erstaune ihn aber dennoch.

„Prost," ruft Renner Pfund zu und hebt sein Glas. In dem Moment öffnet sich die Eingangstüre der Gaststube. Beide Männer checken spontan, welche neuen Gäste das Lokal betreten. Es ist Kilmer. Mit einem kleinen Paket in der Hand.

„Wir sind gerade beim Rausschmiss vom Renner du Penner bei der FLB," informiert Pfund Kilmer, der sich am Tisch der beiden niederlässt.

Trudi kommt herbeigeflitzt, haucht Kilmer ein Küsschen auf eine Wange, stellt ein Glas vor ihn, das sie sogleich aus der Rotweinflasche füllt.

„Das Thema FLB ist abgehakt," wirft Renner hin und fährt fort, „Pech für dich, wenn du uns so lange warten lässt. Sag mal, Primat, hat deine Belinda einem lebendigen Affen nicht genug?! Wozu braucht sie jetzt noch Porzellanäffchen?!"

Kilmer boxt im Scherz die linke Seite von Renners Brust. Kilmers Freundin, Belinda Schöner ist studierte Kunsthistorikerin, forscht aus freien Stücken, ohne Auftrag über Satire in der Kunst, in der antiken Kunst, über Hieronymus Bosch bis hin zu Comics und Street Art. Ihr Brotberuf, der sie gleichsam zu einer der bekanntesten Persönlichkeiten des öffentlichen Lebens von Transköl macht, ist Sex-Beraterin bei ALTER KLEISTER. Das Befremden, das sie in ihrem Freundes-, in ihrem Bekanntenkreis und bei den meisten Menschen auslöst, denen sie zum ersten Mal begegnet, kontert sie mit, in der Not frisst der Teufel Fliegen. Zudem beweise gerade ihr nicht abzustreitender Bekanntheitsgrad im ganzen Land, dass sie, die sie in Transköl als erste diesen Beruf ausübe, ein riesiges Bedürfnis der Leute erfülle. Belinda Schöner ist eine schönste, eleganteste Frau, die am liebsten auf hochhackigen Schuhen herumschwebt. Pfund und Renner können zwei Dinge nicht begreifen. Erstens, dass eine Frau so fulminanter Schönheit absolut natürlich und im Umgang kumpelhaft unbeschwert ist. Zweitens, dass eine solche Frau sich ausgerechnet den Primaten schnappt, der ein Ausbund an Bodenständigkeit und Durchschnitt repräsentiert.

„Ich muss verrückt sein, dass ich mich mit euch Kulturbanausen herumquäle," frotzelt Kilmer los. Noch nie was von Meissener Porzellan gehört?! Von der Affenkapelle?! Von Johann Joachim Kändler, der die Figuren Mitte des 18ten Jahrhunderts entworfen hat?! Belinda liebt nun mal diese Dinger. Der Dirigent hat ihr bisher gefehlt. Wenn ich heute besoffen vom Zusammensein mit euch nachhause komme, ist sie glatt im Stande und schmeisst mich wieder raus. Wenn ich ihr aber dieses Figürchen vorführe, es in meiner Hand vor ihrer Nase herumtanzen lasse, dann wird Belinda zum liebsten Schmusekätzchen und ist wieder total friedlich. Klar? Klar!"

„Ja, ja, ja," wirft Pfund hin, „Affen hin, Affen her, uns interessiert das affige Theater beim HoGeRaLa mit seinem affigen Dirigenten, der – ich muss es gestehen – im persönlichen Umgang ganz okay ist. So hinterlässt er einen echt zwiespältigen Eindruck. Und ich muss haargenau wissen, was mit ihm los ist. Schiess schon los!"

Trudi sieht, dass der Klevner die Freunde in Schwung und Plauderlaune versetzt hat. Sie bringt eine neue Flasche Klevner und fragt nach ihren Essenswünschen. Zweimal Leberli und einmal eine Bratwurst an Zwiebelsosse mit Rösti.

„Du, Penner," fragt Kilmer nach der ihm höchst willkommenen Unterbrechung der Fragestunde Pfunds und damit der Möglichkeit, das Thema von dem abzulenken, was er nicht öffentlichen begackern will, „was ist vorzukehren, um einen jungen Autor in das Feuilleton einer seriösen Zeitung, zum Beispiel der FLB, zu bringen. Es ist nämlich so, ich …"

„Lenk nicht ab, Primat," unterbricht Pfund Kilmer. „Wir wollen wissen, was genau im HoGeRaLa läuft."

„Was soll da schon laufen?!"

„Der Fenstersturz."

„Herrgott nochmal," ereifert Kilmer sich, „das ist ein Unglücksfall oder weiss der Kuckuck was. Dass alle immer gleich wildeste Theorien und Zusammenhänge konstruieren und aufbauschen müssen, um bestimmte Personen zu verunglimpfen und vor der Welt lächerlich zu machen, mit dem einzigen Ziel, sich selber in Szene zu setzen und den noch Höheren den Arsch zu lecken. Und dafür gehen diese Gesinnungstrottel über Leichen und grinsen wie die letzten Idioten. Zum Kotzen, was da abläuft und von bestimmten Kreisen wieder losgetreten wird. Und nicht mal bei Euch hat man seine Ruhe. Auf der HoGeRaLa-Kanzlei sind engagierte Leute in einem tollen Team zusammen und leisten hervorragende Arbeit. Jawohl. Wenn's dazwischen ein paar Flaschen gibt und oben herum nicht alles zum Besten steht, mindert das keineswegs den Verdienst des tollen Teams und …"

„Schon gut, schon gut. Wir wollen dich ja nicht
…," fährt Pfund beschwichtigend dazwischen. „O, da kommt
ja Trudi mit den feinen Leberli …"

Trudi nähert sich vorsichtig schreitend, drei
gefüllte Teller sorgsam balancierend, dem Tisch der drei
Freunde.
„So, jetzt wird gegessen und nicht mehr
geschwatzt," sagt Trudi, während sie die Teller gut platziert.
„Geniesst das herrliche Essen! Guten Appetit!"

Eyn zeichen der liechtferikeyt
Jst / glouben was eyn yeder seit
Eyn klapperer bald vil lüt vertreit
Der ist eyn narr / der vasst jnns houbt
Und lichtlich yedes schwätzen gloubt
> Sebastian Brant, Das Narrenschiff, Reclam 2005, Seite 461 ff.

SAMSTAG 7. FEBRUAR 2015

Printmedienspiegel 6. Februar, 5 Uhr 00 (eine kleine Auswahl)

Tade

> DER FENSTERSTURZ AUS DEM AMTSHAUS EICHENWALD
> *Aus offiziöser Quelle ist die Information durchgesickert, dass der mit der Untersuchung des Fenstersturzes betraute Untersuchungsrichter Güldinger bis am Montag abwesend und das ausgerechnet in einer Untersuchung, die auch den HoGeRaLa betrifft, der mit seinem Präsidenten Cäsar Plattmann in letzter Zeit mehrmals für zwiespältige Schlagzeilen gesorgt hatte. Ebenso gerät auch das Untersuchungsgericht immer wieder in Schlagzeilen, wegen angeblicher Arbeitsüberlastung und Personalknappheit und dadurch bedingter langer Dauer von*

Strafuntersuchungen. Der Zufall will es, dass ausgerechnet Untersuchungsrichter Güldinger und Cäsar Plattmann der CfT angehören, was den Verdacht nicht von der Hand weisen lässt, dass politische Motive hinter der Verzögerungstaktik stehen könnten. In diesem Sinn lässt Renato Seller, Präsident der SDPT, klar durchblicken, dass Plattmann auf die Finger geschaut werden müsse. Schliesslich sei eine Strafuntersuchung keine Plattform für eine künftige Wahl ins Landesparlament. Gegen Gemauschel von Parteigenossen ist mit aller Härte und Konsequenz vorzugehen.

Gucki

Über dem Artikel ein Amateurfoto einer vierköpfigen Familie, mit dem Text:

VATER, MUTTER, SCHWESTER UND DER GELIEBTE, AUF TRAGISCHE WEISE VERLORENE SOHN
Die von diesem Schicksalsschlag schwer getroffene Familie Andreoli ist den Umständen entsprechend recht gefasst. Sie wünscht sich nichts sehnlicher, als dass der Täter möglichst rasch gefasst und bestraft wird. Zum Glück hätten sie als harmonische Familie, wo jeder jeden vorbehaltlos liebe und respektiere und der Zusammenhalt gross sei, so viele gemeinsame schöne Erinnerungen, dass die unendlich tiefe Trauer zu bewältigen sein werde. Einzig irritiert ist die Familie, dass ihnen bisher vom Untersuchungsgericht ein würdiges Abschiednehmen von ihrem geliebten Sohn auf der Gerichtsmedizin verweigert worden ist und sie auf einen späteren Zeitpunkt vertröstet werden, und

dass die Leiche nicht zur Beerdigung freigegeben ist.
Valeria Andreoli gesteht unter Tränen, dass diese
Tatsachen sie in arge Bedrängnis bringen, weil die
Verwandten und Freunde endlich wissen wollen, wann
die Beerdigung stattfinde. Wie stehen wir da, wenn wir
selber nicht wissen, wie es weitergeht, seufzt Valeria
Andreoli und bricht in Tränen aus.
Unverständlich ist, weshalb es noch zu keinen
Verhaftungen gekommen ist, wo zumindest der
Haupttäter bekannt ist.

FLB

DER FENSTERSTURZ
In Sachen Fenstersturz aus dem Amtshaus
Eichenviertel gibt es keine neuen Informationen. Auf
Nachfrage bestätigten sowohl Regierungsrat Iwan
Fiedler als auch Cäsar Plattmann, Präsident des
HoGeRaLa, dessen Mitarbeiter das Opfer ist, dass das
Untersuchungsgericht intensiv und beflissen
untersuche und wegen des dazwischen liegenden
Wochenendes spätestens anfangs nächster Woche mit
ersten Resultaten zu rechnen sei.

Querschläger

EIN FENSTERSTURZ
Wenn das Boulevard kreischt, ihr habt den Täter,
weshalb köpft ihr ihn nicht sogleich, und die Massen
skandieren, Kopf ab, Kopf ab, was zögert ihr, und die
Liberalen säuseln, nur immer mit der Ruhe, wir haben
alles im Griff und werden zu gegebener Zeit das Volk
schon informieren, dann sollten Alarmglocken schrillen

und die Frage in die Welt hinaus schleudern, was, zum
Teufel, steckt hinter diesem Fenstersturz aus der
Holzbaracke.

Morgenschelte 10 Uhr 37

Pfund ist irgendwann in der Nacht längere Zeit
wachgelegen. Dabei wirbeln spontan ungeordnet hin- und
her schiessende Gedanken zu der absurden Untersuchung
auf, in die ihn ein ungnädiges Schicksal verstrickt hat. Namen
spuken herum, Tementschuk, Irene Segesser. Im
Dämmerschlaf kann er nichts zusammenkriegen … Dann
driftet er wieder in Tiefschlaf ab. Träumt, dass er am Bahnhof
steht, den Zug nach irgendwohin unbedingt besteigen sollte.
Der Zug steht da. Doch er, Pfund bleibt bockstill stehen. Der
Zug fährt ab. Pfund weiss, nun wird er diesen wichtigsten
Termin in Hellwinkel verpassen. Eine Katastrophe, denkt er
und bleibt dabei total ruhig und heiter gelassen, schmunzelt
sogar. Dann wacht er auf. Spürt seinen Brummschädel.
Vermutet, dass er nicht mehr einschlafen wird. Hievt sich aus
dem Bett und schleppt sich in die Küche, um einen Kaffee
zuzubereiten.

In der Küche empfängt ihn Emmi. Die scheinbar
auf der Lauer gelegen zu haben scheint, um ihrem Sepp auch
ja einen Empfang bereiten zu können. Pfunds Blick fällt auf
die Zeitungen, die Emmi vor sich liegen hat. Auf den ersten
Blick sieht er, dass beide Zeitungen, der Tade und die FLB
schon arg zerzaust sind, Emmi also schon einige Zeit auf sein
muss. Ein Blick auf die Küchenuhr zeigt ihm, 10 Uhr 37.
Plötzlich wird ihm bewusst, dass Emmi scheinbar schon

mitten in einem Gezeter ist, dem er schlicht vergessen hat die notwendige Aufmerksamkeit zu schenken und zuzuhören.

„… und verantwortlich und … Was ich einfach nicht begreife, weshalb müsst ihr Männer immer so viel saufen. Mit eurer Sauferei bringst du uns noch zu armen Tagen. Schau dich an. Geh, geh, ins Badezimmer und sieh dich im Spiegel an! Wie du wieder ausschaust! Und wer ist die Leidtragende, wer? Du musst dich mit deiner misslichen Laune nicht ertragen. Weshalb können Penner und du nicht zum Essen einfach ein gutes Gläschen Primitivo trinken, wie Josy und ich es halten, und es dabei belassen. Dann kommt man nicht erst lange nach Mitternacht nachhause, braucht nicht den Rest der Nacht zu schnarchen und dann wie eine wandelnde Leiche aufzustehen. Apropos Leiche, Josy hat mich angerufen und mir erzählt, dass Francesca …"

„Kann ich diese Zeitung da haben? Und, bitte, verschone mich …"

„Ist ja schon gut. Dann schweige ich halt. Da, den Tade!"

TV-Aktualitäten 19 Uhr 00 (kleine nicht repräsentative Auswahl)

Tele Langi

Nach der Schlagzeile NEUIGKEITEN,ZUM FENSTERSTURZ erscheint Urs Glaubtreu im Bild.

Wie wir der Resonanz auf unsere Berichterstattung im Fall des Fenstersturzes aus dem Amtshaus Eichenwald mit dem tragischen Tod eines sehr geschätzten jungen Mitarbeiters des HoGeRaLa, dessen Präsident Cäsar Plattmann ist, der höchst umtriebige CfT-Politiker, der sich für die Wahl ins Bundesparlament in Stellung bringen will, brennen unsere Zuschauerinnen und Zuschauer darauf, immer die neusten Neuigkeiten zu erfahren. Wir von Tele Langi bleiben dran und enttäuschen nicht. So können wir nach eingehenden Recherchen festhalten, dass die trauernde Familie des Opfers, die ihren geliebten Sohn durch das tragische Ereignis verloren hat und nun zerrissen ist, aus Gründen der Pietät sich nicht öffentlich dazu äussern möchte, dass der Bericht im Gucki ohne Rücksprache mit der Familie entstanden ist und es der Familie ein Rätsel ist, wie ausgerechnet der Gucki in den Besitz des veröffentlichten Fotos gelangt ist, dass es keine Neuigkeiten gibt und dass weitere Informationen bis am Montag nicht zu erwarten sind, unter anderem auch, weil der für den Fenstersturz zuständige Untersuchungsrichter erst auf dann eine Medieninformation in Aussicht gestellt hat. Die Medien werden am Montag um 14 Uhr informiert werden. Tele Langi wird live von dieser Medienkonferenz berichten.

TRF (Transköl Radio Fernsehen)

Weder in der Tagesschau noch in den Spätnachrichten wird der Fenstersturz in Langwardia erwähnt.

Fehlende Ruhe 19 Uhr 22

Kaum dreht Pfund den Fernseher an, um die News auf TRF zu sehen, beginnt Emmi zu plätschern. Zu allem Überfluss künden die News sich als todlangweiliges Wiederkäuen von längst Bekanntem an, so dass Sepp, um

Emmi gegenüber einmal nett zu sein, vorgibt, zuzuhören, was ihn in der Regel nicht davon abhält, obwohl den aufmerksam Zuhörenden mimend, seinen Gedanken nachzuhängen, die um so Vieles spannender sind als das, was Emmi ihm mitzuteilen hat.

„Jetzt höre mal gut zu, Sepp. Josy hat mir berichtet, dass Francesca, du weisst, die Tochter von Josy, beim HoGeRaLa als Praktikantin arbeitet und …"

„Unsinn, dort arbeitet keine Francesca Ketterer!"

„Francesca heisst nicht Ketterer. Sie heisst Palatti. Josy hat nach der Scheidung ihren Mädchennamen wieder angenommen und Francesca heisst nun anders als sie. Also gut, Francesca hat sich total verknallt in einen jungen Juristen des HoGeRaLa, Luzi Felber. Ach, das ist ja der, der den andern vom Balkon geworfen haben soll! Einerlei. Doch dieser, also, Felber, also das ist jetzt tatsächlich Tratsch, ist mit grösster Wahrscheinlichkeit schwul. Auf jeden Fall ist er zwar sehr nett mit Francesca, wie mit allen Frauen. Weshalb er als Frauenheld gilt. Doch Francesca vermutet, dass der Luzi Felber etwas laufen hat mit Florindo Andreoli, der ja bekennender Schwuler ist. Du weisst, dein Fenstersturz. Nun will es der Zufall, dass ich bei meiner Arbeit bei Harald Schmonz im Papierkorb ein Manuskript sehe. Ich bin mir nicht sicher, ob Harald das Manuskript absichtlich oder versehentlich in den Papierkorb geworfen hat. Also schaue ich mir das Manuskript an. Titel UNSER FRÖHLICHES AMT. EINE SEIFENOPER, Autor – jetzt staunst du, wie? – Luzi Felber. Ein lustiges Stück über ein Wunderamt irgendwo, mit Leuten, die Flachlinger, Belloli und Rebeller heissen. Ich frage Harald, 'du Harald, ist dieses Manuskript versehentlich oder absichtlich in deinem Papierkorb gelandet?'. Er antwortet, 'glaubst du im Ernst, ich hätte Zeit und Nerven jeden Scheiss, der mir gesandt wird, anzuschauen. Ich bin Filmproduzent, suche Drehbücher. Nicht Theaterstücke, an denen man dann noch unendlich lange herumbasteln muss, bis ein einigermassen passables und funktionierendes Drehbuch draus wird.' Ich habe Harald selbstverständlich nicht gesagt, dass ich einen indirekten Bezug zum Autor habe. Ich habe mir das Manuskript geschnappt. Du kennst meine Schwäche für Manuskripte, für Film und Theater …"

„Das sagst du mir erst jetzt!"

„Du lässt mich ja nie zu Wort kommen."

„Seit wann hast du das Theaterstück? Wo ist es?"

„Seit Donnerstag. Ich habe es urspannend gefunden. Und darin wird sogar ein Fenstersturz erwähnt. Und ein Graffito. Als ob Felber geahnt hätte, was hier bei uns geschehen wird. Ich hole es dir gleich. Ich hatte mir gedacht, es könnte auch dich interessieren. – Jetzt, wo ich dir in deiner Untersuchung weitergeholfen habe, könntest du mich als deine Assistentin engagieren und mir genauso andächtig zuhören, wie wenn die Miri Stöckli dir ankündigt, ‚wir haben eine Leiche'."

Ich lerne sehen. Ich weiss nicht, woran es liegt, es geht alles tiefer in mich ein und bleibt nicht an der Stelle stehen, wo es sonst immer zu Ende war. Ich habe ein Inneres, von dem ich nicht wusste. Alles geht jetzt dorthin. Ich weiss nicht, was dort geschieht.

Rainer Maria Rilke, Die Aufzeichnungen des Malte Laurids Brigge, Reclam 1997, Seite 8

SONNTAG 8. FEBRUAR 2015

Printmediale Neuigkeiten-Ausschüttung 04 Uhr 30 (beinahe repräsentative Auswahl)

Sonntags-FLB

Der Fenstersturz füllt eine Doppelseite. In dem Artikel mit einem repräsentativen Foto des Amtshauses Eichenviertel wird alles wiederholt, was bereits bekannt ist, aus strikte liberaler Sicht, unter Schonung von Güldinger, Plattmann und Fiedler.

Tade am Sonntag

Der Fenstersturz füllt eine Doppelseite. In dem Artikel mit einem repräsentativen Foto des Amtshauses Eichenviertel wird alles wiederholt, was bereits bekannt ist, aus pseudo-linker Sicht, mit Seitenhieben auf Güldinger, Plattmann und Fiedler.

Sonntäglicher Gucki

Der Fenstersturz füllt eine Doppelseite. In dem Artikel mit einem arg verschwommenen Foto des Amtshauses Eichenviertel zur Tatzeit, auf dem das Sichtschutzzelt klar zu erkennen ist, wird alles wiederholt, was bereits bekannt ist, aus skandalisierend-katastrophisierender Sicht, wo alle, die genannt sind, in die die Pfanne gehauen werden.

Kopfschütteln 10 Uhr 37

Pfund hatte das Manuskript ‚Unser fröhliches Amt. Eine Seifenoper. Erste Folge: Der endlose Amtskorridor‘ von Luzi Felber, von Emmi überreicht erhalten, in Händen gehalten, nicht richtig gewusst, was er damit anfangen sollte. Hatte es mit ins Bett genommen. Hatte etwas darin herum geblättert. Darin herum gestöbert. Sich fest entschlossen, es auf den Nachttisch zu legen und Manuskript bleiben zu lassen. Doch plötzlich, ungewollt, unbewusst hatte er zu lesen begonnen. Zurück zum Anfang geblättert und gelesen, gelesen und gelesen. Als er auf der letzten Seite angekommen war, zeigte seine Armbanduhr auf 3 Uhr 12 in der Früh. Mit Schrecken blitzte ihm durch den Kopf, o Gott, wie werde ich morgen gerädert sein. Dann war er plötzlich weg gewesen. Erst kurz vor Zehn aufgewacht. Quietschvergnügt, gut ausgeschlafen, bereit für einen neuen Tag.

Als Emmi um 10 Uhr 37 von ihrem Nordic Walking zurückkommt, richtet Pfund am Küchentisch sich auf und kann es kaum erwarten, bis seine liebe Emmi sich zu ihm setzt.

126

„Hast du das Manuskript gelesen," überfällt er sie, kaum erscheint sie in der Küche, um ihren Grüntee zuzubereiten.

„Sonst hat der Herr am Morgen keine Sprechstunde und jetzt plötzlich …"

„Du wirst es kaum glauben, gestern, als ich die Leute in der HoGeRaLa-Kanzlei befragte … Ich verrate ja kein Amtsgeheimnis. Du kannst dir vorstellen, dass ich diese Leute im Rahmen der Untersuchung befragen musste …"

„Und, hat es der Luzi Felber getan?"

„So weit sind wir mit den Ermittlungen noch nicht. Doch mich würde interessieren …"

„Es ist nämlich so, als wir, Josy und ich, neulich im Esplanade ein Gläschen Prosecco tranken, stiess zufällig Francesca zu uns und erzählte wildeste Geschichten. Dass sie sich in den Luzi Felber verguckt habe. Die ältlichen Kolleginnen sie gewarnt hätten, dass sie sich keine falschen Hoffnungen machen soll. Er sei schwul und habe ein Verhältnis mit Florindo. Bloss zeige er sein Schwulsein nicht wie Florindo. Dann habe sie in der Transki Bar Florindo mit einer Frau angetroffen. Florindo habe ihr diese Frau als seine Verlobte, Irene Segesser, vorgestellt. Und dann sei auch Felber noch zu ihnen gestossen mit der Weisser, die bis vor kurzem ebenfalls in der Kanzlei gearbeitet habe und die offensichtlich die Freundin von Luzi sei. In diesem Amt würden laufend Gerüchte herumgeboten. Und jetzt, wo ich dieses Manuskript gelesen habe, du, Sepp, da ist alles so witzig und unterhaltsam beschrieben. Findest du nicht auch?!"

„Du wirst es kaum glauben, meine Befragungen gestern fanden allesamt im endlosen Amtskorridor statt. Ich hatte kein einziges Büro betreten."

„Der Schmonz ist ein Trottel, dass er das Potenzial dieses Manuskripts nicht gecheckt hat. Das sind Geschichten, die das Leben schrieb und schreibt. Bis hin zu der Stelle, wo einer dem andern androht, er werde ihn zum Fenster rausschmeissen. Und dann der tatsächliche Fenstersturz. Du, Sepp, das haut einen aus den Socken. Wenn eine Geschichte so spiegelt, dass aus dem Spiegelbild Wirklichkeit wird."

„Das in einem Stück Fiktion angekündigte Ereignis. Das ist es, meine liebe Emmi, das auch mich irritiert. Was hat Francesca über diesen Felber und über den Andreoli sonst noch erzählt?"

„Du kennst ja Josy. Sie redet selber so gerne, dass sie selbst Francesca nie ausreden lässt. Nun, Francesca ist ja auch so jung und so charmant. Nun, Francesca, wenn ich mich richtig erinnere, tönte, bezogen auf Felber und Andreoli an, dass es zwei ausgesuchte Schlingel seien, die es ganz dick hinter den Ohren hätten und, so habe ich es verstanden, wie Francesca meint, ein Doppelleben führen. Doch dann hatte Josy ihr das Wort abgeschnitten und zum Besten gegeben, dass viele Männer Doppelleben führten. Das kenne sie vom Palatti. Der habe nicht nur Doppel-, nein Dreifach- oder gar Vierfachleben geführt ..."

TV-Aktualitäten 19 Uhr 00 (kleine nicht repräsentative Auswahl)

<u>Tele Langi</u>

Nach der Schlagzeile UNTERSUCHUNG DES FENSTERSTURZES INS STOCKEN GERATEN erscheint Urs Glaubtreu im Bild.

Die Öffentlichkeit ist bestürzt, dass noch immer keine Ergebnisse im Fall des Fenstersturzes aus dem

Amtshaus Eichenviertel, über den Tele Langi als erster Sender berichtet hatte, vorliegen. Um auf die Dringlichkeit einer Klärung, auf die die Bevölkerung Anspruch hat, hinzuweisen, wiederholen wir nun unseren ursprünglichen Bericht vom letzten Donnerstag, dem 4. Februar."

Es folgt der angekündigte, nun zum zweiten Mal ausgestrahlte Bericht.

TRF (Transköl Radio Fernsehen)
Weder in der Tagesschau noch in den Spätnachrichten wird der Fenstersturz in Langwardia erwähnt.

Lorsque j'écris, est-ce que je sais vraiment ce que je veux écrire? Est-ce que le texte ne se dévoile pas à lui-même au fur et à mesure qu'il se formule ? (Se dévoile-t-il jamais vraiment ?).

Laurent Binet, La septième fonction du langage, Grasset Paris 2015, E-Book Position 4608

MONTAG 9. FEBRUAR 2015

Printmediale Neuigkeiten-Ausschüttung 04 Uhr 30 (Auswahl)

<u>Gucki</u>

DIE GANZE NATION STARRT GESPANNT NACH LANGWARDIA

Heute Montag um 14.00 Uhr sollen endlich die Medien über die neusten Untersuchungsergebnisse im Fall des die gesamte Bevölkerung aufrüttelnden Fenstersturzes aus dem Amtshaus Eichenviertel informiert werden. Gespannt werden die Begründungen erwartet, weshalb noch keine Verhaftung erfolgt ist und weshalb der in seinem Ruf inzwischen angeschlagene Cäsar Plattmann seinen Rücktritt als Präsident des HoGeRaLa noch nicht angeboten hat. Wann endlich kann die ärmste Familie des Opfers aufschnaufen und kann in Langwardia wieder Ruhe einkehren?

FLB

Kein Bericht zum Fenstersturz.

Tade

Kein Bericht zum Fenstersturz.

Morgens im Büro 07 Uhr 46

„Guten Morgen, Miri. Gut geschlafen? So, jetzt starten wir beschwingt in die neue Woche …"

„Ein Email von Güldinger. Auf der Alp blies eine kalte Bise. Er befürchtet, eine Erkältung erwischt zu haben. Wird erst gegen drei Uhr nachmittags im Büro eintrudeln. Ich habe im Privatjet-Terminal im Flughafen bereits nachgefragt. Die Landung eines Privatjets aus Nizza sei auf halb Drei angekündigt. Anrufe auf sein Handy beantwortet Güldinger nicht. Was machen wir bloss mit der Pressekonferenz? Die Medien werden uns lynchen."

„Wir verschieben die Pressekonferenz auf morgen um 14 Uhr. Und sind gespannt darauf, mit welchen Verschwörungstheorien die Medien uns diesmal überschütten. Wir wissen ja, dass der Fall gelöst ist. Kein Unheil geschieht, wenn die Sache sich verzögert. Ich muss unbedingt Plattmann und Fiedler erreichen. – Mist, bei Plattmans direkter Nummer meldet sich niemand. – Bei Fiedler auch nicht. – Ja, guten Morgen Frau Eidenbenz, hier ist Pfund vom Untersuchungsgericht. Könnte ich Herrn Plattmann sprechen. Aha, wird erst später erwartet. Okay, danke, ich werde es später versuchen. – Guten Morgen, Pfund hier vom Untersuchungsgericht. Könnte ich bitte Herrn Fiedler sprechen. Aha, erst später. Okay. Ach, nicht vor Elf. Okay. Ich werde es nach Elf versuchen. – Ich kann keine Medienmitteilung machen, ohne Güldinger, Plattmann oder Fiedler zuerst zu informieren. Mist! – Ich frage mich bloss, ob die ganze Geschichte bei der Bevölkerung ein solches Gelächter auslöst, dass die von den Anarchisten anvisierten Mächtigen aus ihren bequemen Sesseln gefegt werden und als normale Bürger weiterleben müssen. So, und jetzt muss ich, verdammt nochmal, diesen Florindo Andreoli finden. Tschüss, bis später."

„Wo suchst du ihn," ruft Stöckli nach, doch Pfund hat das Büro bereits verlassen und die Türe hinter sich zugeschlagen.

Die Wohnung der Braut 09 Uhr 17

Pfund hatte im Büro die Adresse von Irene Segesser im Verzeichnis der Einwohnerkontrolle von Langwardia nachgeschaut. Er steht vor diesem mehrstöckigen Gebäude in der Oberstadt an der Lebergasse 18, einem kleinen Gässchen mit Kopfsteinpflaster, gesäumt von etwas windschief aneinandergebauten, antik anmutenden Häuserreihen. Ein Namensschild trägt den aufgedruckten Namen Irene Segesser, daneben handschriftlich hinzugefügt Florindo Andreoli. Pfund betätigt den dazugehörigen Klingelknopf. Mehrmals. Kein Geräusch, das auf Türöffnung hinweisen würde, ist zu vernehmen. An der Haustüre kann Pfund lange rütteln, sie öffnet sich nicht. Also zieht Pfund von dannen. Unterwegs versucht er nochmals vergeblich, Plattmann zu erreichen.

Im Schauspielhaus 10 Uhr 17

Seit „Mord im Theater", einem TV-Krimi von TRF, bei dem etliche Schauspielerinnen und Schauspieler des Schauspielhauses mitgewirkt hatten und bei dem Pfund die Mitwirkenden als Experte in Sachen Ermittlungsarbeit beraten hatte, kennt Pfund den Bühneneingang des Theaters Langwardia, wo auch der Zugang zu den Büros der Theaterdirektion ist. Der Mann am Empfangsschalter begrüsst Pfund, als ob er ihn kenne. Er fragt ihn auch gleich, ob er beruflich hier sei? Ob es um die Sache Christos Karapopulos ginge? Pfund schaut den Mann fragend an.

„Neulich hat irgendjemand angerufen, FBI oder ähnlich, von Übersee. Weil ein Bekannter von einer Bekannten einer Schauspielerin, die hier unter Vertrag ist, gestohlene Ikonen aus Paros irgendwo versucht hatte zu verhökern und dabei hops gegangen war."

Pfund schüttelt seinen Kopf. Er wünsche Herrn Direktor Tementschuk zu sprechen.

„Ach so, dann wissen sie bestimmt, wo es lang geht. Ich denke er ist im Haus. Auf jeden Fall ist seine Assistentin hier. Sie hatte ich vor wenigen Minuten noch am Draht."

Bereits als Pfund die Treppe hoch geht, nimmt er diffus das Geschrei eines Mannes wahr. Jemand beschimpft jemanden, analysiert Pfund die Töne, kann aber nicht klar verstehen, worum das Geschrei sich dreht. Er erreicht einen Korridor, in dem verschiedene Türen zu etlichen Büros offen stehen. Er sieht das Namensschild ‚Direktion. Siegfried Tementschuk. Assistenz. Elvira Bracher". Pfund stellt fest, dass das Geschrei aus dem Büro kommt, das sich unmittelbar hinter dem Büro befindet, in das er seinen Kopf streckt. Er klopft leicht an den Türrahmen, um sich der Frau, die hinter einem Schreibtisch sitzt, bemerkbar zu machen.

„Frau Bracher?"

Die Frau scheint von der Tatsache überrumpelt zu sein, dass Pfund ohne Voranmeldung ins Allerheiligste vordringt, und zeigt entsprechend einen Gesichtsausdruck des Befremdens. Pfund stellt sich vor und sagt, er müsse in dienstlicher Angelegenheit Herrn Intendanten Tementschuk sprechen. Die Gesichtszüge der Frau entspannen sich. Grinsend wirft sie hin, mit einer Kopfbewegung in die seitliche Richtung, wo die Türe zu einem weiteren Büro offensteht und woher das Geschimpfe kommt, „mit ihm ist heute nicht gut Kirschen essen! Wie sie hören, ist er im Moment beschäftigt. Nehmen sie doch bitte Platz. Sein Telefongespräch wird bald beendet sein." Abgelenkt durch das Wahrnehmen der Örtlichkeit, den Veränderungen, die sich seit dem neulichen Wechsel der Intendanz ergeben haben und durch den kurzen Wortwechsel mit der Frau, kann er sich nicht auf die Worte, die schimpfend im angrenzenden Büro herausgeschleudert werden, konzentrieren.

Pfund äussert sein Erstaunen darüber, dass er den vielbeschäftigten Herrn Tementschuk auf Anhieb und ohne Voranmeldung hier treffe. Bracher zuckt mit den Schultern. Das sei reiner Zufall. Wie zu hören sei, sei er hier zurückgehalten worden, sollte aber längst woanders sein. Er, Pfund, solle daher nicht allzu enttäuscht sein, falls Tementsdchuk ruppig sei.

Tementschuk beendet sein Telefongespräch und erscheint im Türrahmen. Schaut Pfund neugierig an. Pfund nickt ihm grüssend zu. Bevor er seinen Mund öffnen kann, informiert Bracher Tementschuk, dass Herr Polizei-Detektiv Pfund ihn in dienstlicher Angelegenheit zu sprechen wünsche.

„Vergiss aber nicht, du bist seit einer Viertelstunde bei deinen Spezis."

„Ich weiss. Herr Pfund, treten sie bitte ein."

Tementschuk bittet Pfund in sein Büro, weist ihm einen antiken englischen Lederfauteuil, dessen Leder im Laufe der Zeit brüchig geworden ist, als Sitzgelegenheit zu und setzt sich selber auf den Thonet-Stuhl der auf der anderen Seite des kleinen Tisches steht.

„Was führt sie zu mir? Wir haben uns sehr bemüht, die Papiere diesmal rechtzeitig einzureichen. Zudem kümmert sich unser Wolfi Emmenegger um die Formalitäten der Arbeitsbewilligungen."

Pfund grinst Tementschuk an. Tementschuk stutzt, zögert beim Weiterreden, Hört auf zu reden. Ein fragender Blick.

„Bitte!"

„Kennen sie Florindo Andreoli?"

Tementschuk setzt eine Miene der Ratlosigkeit auf, stösst pfeifend einen Luftstoss aus seinen beinahe geschlossenen Lippen, schüttelt seinen Kopf und zieht eine Schnute. Das gleiche Schauspiel wiederholt sich bei der Fragen nach Luzi Felber und Lisi Schaffner. Dann zaubert Pfund das Manuskript von Luzi Felber aus seiner Aktentasche und pfeffert es auf den kleinen runden Tisch.

Für den Bruchteil eines Augenblicks nimmt Pfund wahr, wie Tementschuks Augen zu riesigen Kulleraugen aufquellen, um gleich anschliessend in die zuvor bereits zweimal gezeigte Mimik zurückzuverfallen. Pfund lächelt. Tementschuk lächelt zurück.

„Das war's dann", wirft Pfund hin. Packt das Manuskript wieder ein und trifft Anstalten, sich zu verabschieden.

Tementschuk zögert. Pfund hält inne.

„Als gewiegter Ermittler," beginnt Tementschuk bedächtig zu reden, „werden sie ohne weiteres herausfinden, dass Florindo Andreoli in unserer Produktion von Dario Fos ‚Zufälliger Tod eines Anarchisten' seit letzten Dezember als Verrückter brilliert. Das Feuilleton der FLB fand es haarsträubend, dass die neue Intendanz ausgerechnet im Dezember, wo ein hübsches Stück für die ganze Familie hübsch wäre, ein Stück dieses linken Italieners auf den Spielplan nehme. Und das Feuilleton des Tade empörte sich, dass dieser kalte Kaffee neu aufgeschüttet werde, wo Klimaschutz an erster Stelle stehen müsste. Kein Wort über die schmissige Aufführung und den brillanten Hauptdarsteller! Daher hat Florindo sich in der Öffentlichkeit noch keinen Namen gemacht. Als ich mal mit Florindo und seiner Verlobten Irene bei einem Glas Wein sass, gesellten sich Luzi Felber und dessen Frau, wenn ich mich richtig erinnere eine Hilde Weisser, zu uns. Von Luzi Felber habe ich den Roman ‚Pink Champagne' gelesen. Bin total begeistert davon und bin im Gespräch mit ihm für ein Auftragsstück. Er sagte etwas von einem Stück mit dem Titel ‚Unser fröhliches Amt', in dem zufälligerweise ein Fenstersturz im Zentrum stehe. Dadurch, dass er nun durch die Aufführung hier am Schauspielhaus Langwardia vom Dario Fo-Stück mit einem

Fenstersturz wisse, müsse er das Ganze nochmals überdenken. Ich wusste echt nicht, dass es bereits ein solches Manuskript gibt. Ist in diesem Manuskript der Fenstersturz tatsächlich bereits enthalten? Und Lisi Schaffner ist der Bühnenbildner einer unserer nächsten Produktionen. – Falls sie, lieber Herr Pfund, tatsächlich ermitteln, bitte ich sie, meine Aussagen diskret zu behandeln. Wie sie ahnen können, befinde ich mich in einer etwas seltsamen Situation. Der Verwaltungsrat des Schauspielhauses besteht aus liberalen Bildungsbürgern. Hat in ausländischen Medien Gutes über mich gelesen und mich wie die Katze im Sack gekauft. Ich soll dem Schauspielhaus Langwardia einen internationalen Anstrich verleihen. Ich mache mir nichts aus einem Publikum, dem es bloss um Sehen und Gesehenwerden geht. Mein Lieblingskind sind Geschichten, die sich tatsächlich ereignet haben, die Menschen bewegen und in ihren Gemütern herumspuken. Ich greife sie auf bringe sie als Reenactments ins Rampenlicht. Kunst, die direkt in die Sinne fliesst und spontane Reaktionen produziert, mögen bildungsbürgerliche Kopfmenschen nicht. Ja, ja, die Kunst, die von den unzähligen selbsternannten und von einer sich gerne inszenierenden Öffentlichkeit gefeierten Kulturkoryphäen hochgejubelt und zum ultimativen Muss erklärt wird, entzieht sich in der Regel dem sinnlichen Erleben von offenen und neugierigen Gemütern, die die wahren Menschen sind. Glauben sie mir, Schaffner, Felber und Andreoli sind verkannte Künstler. Und noch ein Rat, überstürzen sie nichts mit ihren Ermittlungen. Wer weiss, vielleicht wird sich am Dienstag um Zehn Einiges klären. – Sie entschuldigen, lieber Herr Pfund, ich muss dringend weiter. Ich habe eine total wichtige Besprechung und bin bereits verspätet. Wenn sie weitere Fragen haben, vereinbaren sie bitte eine Termin mit meiner Frau Bracher."

Um Zwanzig vor Elf ist Pfund wieder unterwegs. Versucht nochmals Plattmann zu erreichen. Vergeblich. Die Unerreichbarkeit der angeblich wichtigsten Köpfe beginnt Pfund echt zu nerven. Er weiss, wenn er diese eingebildeten Lackel übergeht, wird er zum Sündenbock gemacht für was auch immer geschieht oder nicht geschieht.

Zweiter Versuch mit der Wohnung der Braut 10 Uhr 07

Als Pfund zum zweiten Mal an diesem Morgen vor der Haustüre der Lebergasse 18 steht und den Klingelknopf drückt, sieht er während des Wartens bei einem Rundblick eine junge, hübsche Frau sich beschwingt dem Haus nähern, dann stocken, als sie ihn, Pfund, vor dem Haus stehen sieht. Während sie offensichtlich zögert, ob sie das Weite suchen soll, spricht Pfund sie an.

„Frau Segesser, nehme ich an?"

Die junge Frau nickt. Pfund stellt sich vor. Pfund sagt, er habe bereits vor einer Stunde vorbeigeschaut. Segesser wirft hin, sie habe Besorgungen machen müssen. Den indiskreten Blick Pfunds, der in ihren Händen eine Mappe, eine Einkaufs- oder Tragetasche zu finden sucht, kontert sie mit, „Zigaretten, sie verstehen. Ich bin Raucherin."

„Ja, ja, das dauert eine Stunde. Ich kondoliere ihnen zu ihrem schweren Verlust."

Pfund nimmt amüsiert zu Kenntnis, wie Segesser ihren Blick verlegen senkt und an ihrer Oberlippe knabbert.

„Spielen wir keine Spielchen. Ist Herr Andreoli oben in der Wohnung?"

„Wie kommen sie darauf? Neineineinein, nein, nein."

„Gehen wir in die Wohnung. Ich will mich selber davon überzeugen, dass Herr Andreoli nicht hier ist."

Segesser und Pfund begeben sich in die kleine, enge Wohnung. Pfund hat sich im Nu davon überzeugt, dass Andreoli nicht in der Wohnung ist. Er verzichtet darauf, in den einzigen Schrank, der in der Wohnung steht, zu schauen.

„Wie kommt es, dass eine hübsche junge Frau wie sie, mit einem – ich liebe Klartext – mit einem homosexuellen Mann anscheinend verlobt ist. Übrigens einen Gruss von Harry Kilmer, ein guter Freund von mir. Erzählen sie mir etwas über Herrn Andreoli."

Segesser atmet tief durch. Pfund fragt sich, ob sie sich sammelt, um die ultimative Zicke rauszuhängen oder ob sie kooperieren wird. Segesser hebt ihren Blick, schaut Pfund verschmitzt lächelnd an und beginnt grinsend zu erzählen. Pfund erfährt dabei über Florindo Andreoli nichts wesentlich Neues, erhält mehr oder weniger bestätigt, was er erahnt und sich zusammengereimt hatte. Als Florindo heimlich sich in der Schauspielschule angemeldet, die Aufnahmeprüfung bestanden und dies stolz zuhause gemeldet habe, sei der Vater fuchsteufelswild geworden, habe geschrien, Andreolis hätten noch nie zum fahrenden Volk gehört, ein Sohn der schauspielern wollte, sei für ihn gestorben. ‚Und nun raus, raus aus meiner Wohnung! Deine Füsse wollen wir nicht mehr unter meinem Tisch!' Die Mutter habe an ihre linke Brust gegriffen, tief geseufzt, die Darstellung eines

Herzanfalles leidlich hingekriegt und geheult, nicht bloss schwul, auch noch Schauspieler! Florindo habe dann bloss noch hingeworfen, und was mit ihrer Begeisterung für die Netrebko sei? Ja, das sei etwas ganz anderes! Netrebko könne singen und sei eine wunderschöne Frau. Was der Sohn sich erlaube, seinem Vater so frech zu kommen. Heimlich hätte die Mutter die ‚Therapie' bei Lattenbeck weiter bezahlt, weiterhin in der Hoffnung, den Sohn von seinem Schwulsein und nun auch der Schauspielerei zu heilen. So sei Florindo vor ein paar Monaten bei ihr eingezogen. Um etwas Geld zu verdienen, habe er Sex mit Lattenbeck und dann später auch mit Plattmann gehabt. Sie störe sich nicht daran. Nachdem Luzi Florindo die Stelle auf der HoGeRaLa-Kanzlei vermittelt habe, wäre die Prostitution nicht mehr absolut notwendig gewesen. Da sie aber gewisse Anschaffungen geplant hätten, sei dieser finanzielle Zustupf nicht zu verachten. Dann habe Tementschuk in eine Lektion an der Schauspielschule reingeschaut, den Narren an Florindo gefressen und ihn auf der Stelle, obwohl Florindo die Ausbildung erst begonnen habe, für eine Hauptrolle am Theater engagiert. Nun wäre die Prostitution überhaupt nicht mehr notwendig gewesen, doch, na ja, also Florindo habe das Spielchen weiter so getrieben.

„Vor allem auch, weil Lisi und Luzi der Meinung waren, jetzt plotzlich die schwule Rolle aufzugeben, wäre auffällig."

„Auffällig in welcher Beziehung? Florindo kennt also auch Alois Schaffner? Das müssen sie mir näher erklären, Frau Segesser. Schweigen nützt nichts. Ich muss, muss Florindo finden. Sagen sie schon, wo er sich aufhält. Ist er bei Alois Schaffner untergetaucht? Aha, sie haben sich mit dem Zucken ihrer Augenlider verraten. Ich verstehe, dass sie nicht als Verräterin dastehen wollen. Jetzt spielen wir ein

Spielchen. Sie führen mich zur Wohnung von Alois Schaffner. Ich nehme an, es handelt sich dabei nicht um die heruntergekommene Absteige in der Färbergasse Nummer 9. Bevor ich an der Wohnungstüre von Alois Schaffner klingle, lege ich ihnen Handschellen an, erkläre dann den in der Wohnung von Alois Schaffner Anwesenden, dass ich sie verhaftet und aus ihnen die Adresse herausgepresst hätte. Dann stehen sie vor ihrem Verlobten und ihren Freunden nicht als Verräterin ohne Not da …"

Segesser ist mit dem Deal einverstanden. Pfund und Segesser machen sich gemeinsam auf den Weg. Segesser erzählt Pfund noch Einiges über Florindo und Pfund erkennt Segesser als herrlich verliebte junge Frau. Pfund entschuldigt sich kurz, um Plattmann und Fiedler auf seinem Handy zu erreichen. Weder der Eine noch der Andere ist auf seiner direkten Nummer zu erreichen. Auf den allgemeinen Nummern erhält Pfund die Auskunft, die Herren seien leider, leider noch nicht aufgetaucht, würden aber jeden Moment erwartet. Sein Zorn auf Plattmann, Fiedler & Co. steigt.

Die Wohnung der Verschwörer 11 Uhr 03

Segesser führt Pfund an die Neugasse 67, ein mehrstöckiger Neubau von einer begeisternden modernen Architektur. Segesser nennt den Namen des Architekten, der einer der zurzeit angesagtesten jungen Architekten in Langwardia sei. Kaum hat Pfund geklingelt, surrt auch schon der Türöffner. Pfund fragt Segesser gestisch, mit Handschellen in der Hand, ob es ihr recht sei, wenn er sie jetzt in Fesseln lege. Sie schüttelt lachend ihren Kopf. Das sei nicht notwendig.

Schaffner öffnet die Wohnungstüre und bekommt beim Anblick von Pfund spontan einen so blöden Gesichtsausdruck, dass Pfund in Lachen ausbricht. Den wie gelähmt perplex dastehenden Schaffner beiseiteschiebt und ein durch und durch verblüffend gestyltes Wohnzimmer betritt, wo Felber, Andreoli und Tementschuk konspirativ um einen Glastisch herum sitzen. Beim Eintreten Pfunds aufschauen. Tementschuks Mimik verrät Verlegenheit, Florindos Neugierde, Felbers Amüsement und Schaffners Schrecken.

„Hallo, ihr lieben Verschwörer und Anarchisten. Falls ihr euch nicht an mich erinnern solltet, ich bin Polizei-Detektiv Sepp Pfund vom Untersuchungsgericht Langwardia und untersuche in Sachen Fenstersturz. – Was habt ihr euch bei eurer Aktion gedacht?"

Luzi erklärt, er, Lisi und Florindo hätten sich über die Szenen mit der Androhung des Fenstersturzes in seinem ‚Unser fröhliches Amt. Eine Seifenoper' – Tementschuk habe soeben erzählt, dass er, Pfund, ein Manuskript davon habe – so sehr amüsiert, dass sie beim fröhlichen Zusammensein ein Szenario für eine Kunstaktion entwickelt hätten, um das, was in seinem Stück bloss beschrieben sei, einer breiten Öffentlichkeit für Nervenprickeln und dann für das erlösende Gelächter darzustellen. Damit die Leute endlich erkennen könnten, von was für Hanswursten an den Spitzen und in den Medien sie tagtäglich an der Nase herum geführt werden. Tementschuk sei begeistert gewesen von der Idee. Wenn die Kunstaktion gelinge, habe er versprochen, sie als Reenactment auf die Bühne des Schauspielhauses zu bringen. Um neben der Aktion vor allem die dokumentierten

Reaktionen der Narzissten der verschiedensten Couleur, von Politik über Medien bis hin zu den Kulturexperten, und auch des gemeinen Volkes ins Visier zu nehmen. Was letztlich die perfekteste Satire ergebe. Hoffentlich ein höllisches Gelächter über die entfache, die das Sagen haben wollen und die mit etwas Glück vom Gelächter hinweggefegt würden. Weil sie als lächerliche Hanswurste ihre Glaubwürdigkeit in der Bevölkerung nicht länger halten können. Die Organisationen des öffentlichen Lebens würden auch funktionieren ohne aufgeplusterte Popanze an die Spitze, die alle Verdienste für sich beanspruchen. An der Basis wirkten engagierte Menschen und ihnen sei dieses Reenactment gewidmet.

„Doch jetzt würde mich schon noch interessieren, woher ausgerechnet sie, Herr Pfund, mein Manuskript haben."

„Aus dem Papierkorb von Harald Schmonz."

„Aus ... dem ... Pap ... ier ... korb.. von Schmonz? Luzi, Luzi, dabei ist dein Stück so ...," presst Andreoli mit verzweifeltem Gesichtsausdruck und brechender Stimme hervor.

„Nimm's nicht tragisch, Florindo," wirft Tementschuk lachend hin. „Ein weiterer Beweis dafür, dass geldgierige Filmproduzenten wahre Kunst nicht erkennen. Es braucht uns Theaterleute, nicht wahr Luzi?"

Pfund warnt die fröhliche Runde, wenn sie ihm noch mehr erzählten, werde er sie köpfen, jeden einzelnen von ihnen. Schliesslich dürfe er bei seinen Höheren nicht in den Verdacht kommen, mit solchen Wirrköpfen von Anarchisten und ihren absurden Aktionen unter einer Decke zu stecken. Er verabschiede sich und werde sich dafür einsetzen, dass sie wegen ihres Dumme-Jungen-Streichs, der ja auch das Graffito an der Holzbaracke mit einschliesse, möglichst ungeschoren davonkommen.

Klartext 11 Uhr 19

Pfund stampft vor Wut fünfmal auf den Boden, als er Plattmann und Fiedler noch immer nicht erreicht. In seiner Verzweiflung fasst er einen Spontanentschluss. Er dringt ins Arbeitsreich des Primaten bei dieser NGO ein, von der Pfund nicht weiss und nicht wissen will, welche guten Taten sie vollbringt. Schmeisst Kilmer das Manuskript von Felber hin. Fragt den ihn erstaunt und leicht fassungslos anstarrenden Kilmer schreiend mit hochrotem Kopf, „Wie erreiche ich diesen Scheiss-Plattmann?"

„Und das fragst du mich," fragt Kilmer in einer Seelenruhe und grinsend zurück. „Jetzt sind wir quitt. Am Freitag habe ich meine Scheisslaune an euch ausgelassen und heute darfst du mich ungeniert anschreien. Dazu sind Freunde da, dass man sich nicht zu verstellen braucht. Kotz schon aus, was dir aufstösst."

„Ich stehe mir selber im Weg. Ich will unbedingt vor meinen Vorgesetzten gut dastehen. Nichts tun, was aus ihrer Sicht ein Fehler ist und ihnen einen Vorwand liefert, mich zu rügen. Woher bloss diese Besessenheit, ein Musterknabe zu sein und von allen geliebt zu werden. Da wächst man zu einem alten, dicken Mann heran und hat sich sein jedem Menschen mitgegebenes und im Laufe des Lebens ramponiertes Selbstvertrauen noch immer nicht zurückerobern können."

„Erwartest du nun von mir, dass ich in dein Lamento einstimme und mit dir über die Ungerechtigkeit des Lebens jammere?!"

„Okay. Vergiss Plattmann, Fiedler, Güldinger & Co.. Was ist dann? Ich, Pfund, verfasse eine Pressemitteilung, dass die angekündigte Pressekonferenz aus technischen Gründen auf den nächsten Tag verschoben wird. Für meine Eigenmächtigkeit werde ich von denen, die mich hängen lassen, aufs schärfste gerügt werden. Egal. Doch dann ...", Pfund bricht in Lachen aus. „Die Geschichte ist zu absurd. Der angebliche Fenstersturz, der Skandal, die Katastrophe ist in aller Munde. Ich, wir, die Macher der Kunstaktion und wenige Eingeweihte wissen, dass wir mitten in einem Narrenstück, einem Schelmenstreich, einer Eulenspiegelei stecken und jeder hat andere Erwartungen für den Ausgang dieser Geschichte."

„Welches sind deine Erwartungen?"

„Dass ich erfahren kann, wie diese wilden Kerle eine solche Aktion geschafft haben!"

„Oho, sind das die Erwartungen des Hüters von Recht und Ordnung!"

„Des Menschen, der von Zeit zu Zeit, mal besser, mal schlechter, während seiner Arbeitszeit von Acht bis Zwölf und Zwei bis Sechs mit etlichen Überstunden die Rolle des Hüters von Recht und Ordnung in der Figur eines Polizei-Detektivs gibt. Daneben aber ein Mensch ist und seine wahren Gefühle nicht verleugnen will. Ich muss gestehen, dieses verschworene Pack von wilden Kerlen, die etwas wagen und wissen, weshalb sie es wagen, und damit eine Verbesserung der Strukturen der Gesellschaft im Sinn haben, beeindrucken mich. Ich nehme ihnen übel, dass just ich auf sie angesetzt worden bin. Doch dafür können sie nichts. Und wenn ich nicht auf sie angesetzt worden wäre, hätte ich diese so prickelnde Erfahrung in der Konfrontation mit etwas Absurdem nicht erlebt. Und du, Kilmer, welches sind deine Erwartungen?"

„Oje," seufzt Kilmer pathetisch, um dann grinsend seinen Monolog zu liefern. „'Der Fisch stinkt vom Kopf her'. Ich bin gerne Ratsmitglied beim HoGeRaLa und staune immer wieder wie gute Arbeit die Kanzlei leistet und was für engagierte Menschen da arbeiten, abgesehen von ein paar Nieten, wie es sie in jedem Betrieb gibt. In meiner Funktion als Ratsmitglied pflege ich fachlichen Umgang mit den Kanzleimitarbeiterinnen und –mitarbeiter. So lernte ich Felber und Volkert besser kennen. Finde sie sympathisch und so total aufgeweckt. Können sich über das, worüber andere sich ärgern und darüber jammern, amüsieren. Die zwischenmenschlichen Dinge, die Anweisungen von oben, das Verhalten der Oberen und so weiter. Felber und Volkert grinsten über alles und fanden, das interne Geschehen in der Kanzlei sei die perfekte Seifenoper. Und da erfahre ich, dass Felber, obwohl im Brotberuf Jurist, Schriftsteller ist – bisher ohne Erfolg in der Öffentlichkeit. Er kreiert sich das Image mit blondem Wuschelkopf, grün-blau kariertem Holzfällerhemd und zotteligem Lammfellmantel und fällt als Exzentriker, der verhinderte Schriftsteller eben, auf. Diese Rolle spielt er überzeugend und er beginnt an der Seifenoper zu schreiben. Dann fischt er sich den damals noch verhinderten Schauspieler Andreoli, schleust ihn, der für die Finanzierung seiner Schauspielerausbildung in Abendkursen unbedingt Geld braucht, als Mitarbeiter in die Kanzlei ein. Andreoli weiss, dass er als geiles Kerlchen bei Schwulen Geld holen kann, und spielt die Schwuchtel. Die Seifenoper von Felber basiert ausschliesslich auf Vorfällen in der Kanzlei, Intrigen, Streitereien, unmöglichem Verhalten des Chefs und so weiter et certera blablabla. Sogar die Drohung Felbers in einer Wutexplosion, Sparringer zum Fenster rauszuschmeissen, ist authentisch. Felber gelangte mit dem Manuskript seines „Unser fröhliches Amt. Eine Seifenoper' an Verlage. Bekam Absagen. Und da heckten sie einen Plan aus, um die Gesellschaftssatire, die sie in der Kanzlei tagtäglich erleben, dennoch unter die Leute zu bringen. Die Kunstaktion eben. Beginnend mit dem Graffito, das den Fenstersturz ankündigt und dem Fenstersturz. Zweck des Ganzen ist, die Herrschenden dazu zu bringen, auf einen Witz zu reagieren, als ob es Ernst ist und dabei sich und die zu wenig hinterfragten Strukturen der Lächerlichkeit preiszugeben. Anstatt Bomben zu werfen, Schelmenstücke im Grossformat zu inszenieren, auf die die Mächtigen und die Öffentlichkeit überschiessend reagiert, weil sie sie als Wirklichkeit nehmen, das ist doch genial. Ich hoffe bloss, dass sie ungeschoren davonkommen."

„Wenn die Öffentlichkeit tatsächlich in Gelächter ausbrechen und Druck ausüben wird, dass ihren putzigen Helden nichts Böses geschieht, dann haben sie eine echte Chance, ungeschoren davonzukommen. – Dann hast du, Kilmer, du Schelm, immer von allem gewusst?"

„Ach wo, erst nach und nach immer mehr davon mitbekommen …"

Hochnotpeinliches Gespräch 12 Uhr 37

Pfunds Handy surrt, als er auf dem Weg in sein Büro ist. Der Anruf ist von einem äusserst aufgebrachten Plattmann.

„Entschuldigen sie, Herr – wie war gleich der Name? Ach ja, Pfund. Herr Pfund, das ist ja die Höhe, dass ihr Chef, Güldinger, die Pressekonferenz mir nichts dir nichts, ohne mit mir und Fiedler, Herr Regierungsrat Dr. Iwan Fiedler, Kontakt aufzunehmen, absagt. Das ist die Höhe und nun erreiche ich Güldinger nicht einmal. Können sie ihm ausrichten, dass Herr Regierungsrat Fiedler und ich, der Präsident des HoGeRaLa, Cäsar Plattmann, höchst befremdet sind von einem solchen unkollegialen, unsolidarischen und eigenmächtigen Vorgehen in einer Sache, wo wir unbedingt zusammenhalten müssen, um nicht vor der Öffentlichkeit als Idioten dazustehen …"

„Entschuldigen sie, Herr Präsident Plattmann, dass ich sie unterbreche. Die Verschiebung der Pressekonferenz habe ich im Namen von Herrn Untersuchungsrichter Dr. Bruno Güldinger veranlasst, weil dieser doch abwesend ist. Ich müsste sie und Herrn Regierungsrat Dr. Iwan Fiedler wegen einer wichtigsten und dringlichsten Information sofort sprechen. Ich kann in zehn Minuten in ihrem Büro sein …"

Pfund hat sein Sprüchlein wie ein Schülerbub vor den gnädigen Herren stehend aufgesagt. Die gnädigen Herren Plattmann und Fiedler sitzen in wuchtigen Fauteuils am Salontisch in Plattmanns Büro. Den beiden Herren hat es die Sprache verschlagen. Mit einer Handbewegung fordert Plattmann Pfund auf, auf einem der weiteren Fauteuils Platz zu nehmen. Pfund setzt sich und harrt der Dinge, die da kommen werden. Konsternation liegt in der Luft.

„Allmächtiger Fiedler, was nun?", bröselt Plattmann hervor.

„Das frage ich dich," keift Fiedler mit einem drohenden Unterton zurück. „Ich habe schon immer gesagt, du hast dein Amt nicht im Griff. Ständig mit Partei-Spezis, und erst noch solchen von der PfdV, rumzusaufen, anstatt in deinem Saustall aufzuräumen…"

„Pssst," macht Plattmann mit scharfem Blick auf Fiedler und kurzem Flackern eines Seitenblicks auf Pfund.

„Das muss der Güldinger ausbaden, so inkompetent, wie er …"

„Jawohl, der Güldinger! – Herr Polizist," wendet Plattmann sich an Pfund, „richten sie Güldinger aus, er soll uns umgehend nach seiner Rückkehr von seinem Seminar kontaktieren. Ich kann bloss meinen Kopf schütteln, wie eine hochdotierte Untersuchungsbehörde einen Unfall oder ein Verbrechen nicht von einem Streich von kindisch gebliebenen, ausgewachsenen Männern unterscheiden kann! Unerhört. Unerhört. Ich bin empört."

TV-Aktualitäten (kleine nicht repräsentative Auswahl)

Tele Langi

Nach der Schlagzeile *WAS HAT DAS UNTERSUCHUNGSGERICHT LANGWARDIA ZU VERBERGEN, DASS DIE INFORMATION DER ÖFFENTLICHKEIT ÜBER DEN FENSTERSTURZ HINAUSGEZÖGERT WIRD?* erscheint Urs Glaubtreu im Bild.

Die auf Montag 14 Uhr angesagte Pressekonferenz wurde kurzfristig, weder von Untersuchungsrichter Dr. Bruno Güldinger, noch vom Präsidenten des HoGeRaLa, Cäsar Plattmann, oder Regierungsrat Dr. Iwan Fiedler abgesagt, aber von einem Subalternbeamten. Unwillkürlich drängt sich die Frage auf, ob da gemauschelt wird, dass die Chefs sich verleugnen lassen, ob sich da ein Skandal anbahnt. Der Fenstersturz beschäftigt die Bevölkerung, die fassungslos ist über die rohe Gewalt, die in Amtshäusern Langwardias zum Alltag zu gehören scheint. Tele Langi wird dranbleiben und unerbittlich

forschen, bis die Wahrheit ans Tagelicht kommen wird.
Für Tele Langi Urs Glaubtreu

<u>TRF (Transköl Radio Fernsehen)</u>
Weder in der Tagesschau noch in den Spätnachrichten wird die Verschiebung der Pressekonferenz im Fall des Fenstersturzes in Langwardia erwähnt.

La lutte elle-même vers les sommets suffit à remplir un
coeur d'homme. Il faut imaginer Sisyphe heureux.

    Albert Camus, Le mythe de Sisyphe, Gallimard nrf
    collection idees 1942/1963, Seite 166

DIENSTAG 10. FEBRUAR 2015

Printmedienspiegel 6. Februar, 5 Uhr 00 (eine kleine Auswahl)

Tade

*VERSCHIEBUNG DER PRESSEKONFERENZ
ÜBER DIE UNTERSUCHUNGSERGEBNISSE IM
FALL DES FENSTERSTURZES AUS DEM
AMTSHAUS EICHENWALD*

*Die von den Behörden auf Montag um 14 Uhr
angekündigte Pressekonferenz über den Gang der
Untersuchung im Fall des Fenstersturzes aus dem
Amtshaus Eichenwald wurde aus, wie verlautete,
technischen Gründen auf Dienstag verschoben. Das
Vorgehen des Untersuchungsgerichts und der
beteiligten Behörden, die in liberal-bürgerlicher Hand
sind, befremdet. Die Öffentlichkeit hat ein Recht darauf,
über Unglücksfälle und / oder Verbrechen, die sie
beunruhigen umgehend informiert zu werden.*

Gucki

WERDEN DER ÖFFENTLICHKEIT BEWUSST INFORMATIONEN VOM UNTERSUCHUNGSGERICHT UND DEN BETEILIGTEN BEHÖRDEN VERWEIGERT?

Einmal mehr muss das Volk sich fragen, weshalb das Untersuchungsgericht in einem brisanten Fall die notwendigen Informationen erst verzögert liefert. Stecken Taktik oder unfähige Untersuchungsbehörden dahinter? Die Familie des Opfers ist konsterniert und wartet sehnlichst auf Ergebnisse der Untersuchung. Zudem ist der mutmassliche Mörder, falls es sich nicht um einen Unfall gehandelt hat, noch immer auf freiem Fuss. Der durchschnittliche Bürger und Steuerzahler schüttelt seinen Kopf über das Versagen der Behörden.

FLB

VERSCHIEBUNG DER PRESSEKONFERENZ ÜBER DIE UNTERSUCHUGSERGEBNISSE IM FALL DES FENSTERSTURZES AUS DEM AMTSHAUS EICHENWALD:

Wie aus informierter Quelle zu erfahren ist, konnte die angekündigte Pressekonferenz aus technischen Gründen nicht stattfinden. Es ist zu erwarten, dass neue Erkenntnisse die Verschiebung verursacht haben. Wie Untersuchungsrichter Dr. Bruno Güldinger, der Präsident des HoGeRaLa Cäsar Plattmann und Regierungsrat Dr. Iwan Fiedler glaubwürdig versichern, sind das Untersuchungsgericht und die Behörden daran, den Fall ernsthaft zu untersuchen und lückenlos zu klären. Die Pressekonferenz findet am heutigen Dienstag statt.

154

Querschläger auf seiner online-Plattform

FREI NACH DEM MOTTO, EIN SCHUFT, WER BÖSES DABEI DENKT, DENKEN WIR UNS NICHTS

Wie der Schriftzug in der Schmiererei des Schmierfinks, der den Eingang des Amtshauses Eichenviertel ziert, besagt, ändert kein Skandalgeschrei und keine Verunglimpfung des Untersuchungsgerichts und der beteiligten Behörden etwas an der Tatsache, dass sich ein Ereignis vorgefallen ist, das es zu klären gilt. Bevor nichts offiziell bekannt gegeben wird vom Stand der Untersuchungen, erübrigt es sich klar, Mutmassungen und Prophezeiungen in die Luft zu schwatzen.

Social Media 10 Uhr 01

Auf Twitter, Instagram, you tube, Facebook & Co. erscheinen die Postings, Beiträge etc. gleichen Inhalt zur gleichen Zeit:

Schwarzes Bild
Drei säuselnde Männerstimmen beginnen zu intonieren:
Es war einmal … Es war einmal … Es war einmal …
Im Bild drei Figuren mit hübschen Schweinchen-Masken und -Köpfen, die lustig wackeln
… im schönen Land Transköl … im wunderschönen Land Transköl … im wunderschönen Land Transköl
Im Bild schönste Berggipfel, dann schönste Stadtansicht von oben
… wo auf hübschen Alpen hübsche Sennerinnen die fette Milch entrahmen und der Steinbock an der

Südwand des Wiesergipfels herumkraxelt, wo in der pulsierenden Metropole Langwardia, wo die niedlichen Gnome und herrliche Dämpfe herzaubernden Giftmischer einen recht schönen guten Morgen sagen, dass eines Tages tatsächlich …

Im Bild kommt das Ungeheuer vom Graffito des Schmierfinks angeflogen und klebt sich auf die Fassade des Amtshauses Eichenwald

… ein erschröckliches grünes Ungeheuer angeflogen kommt, sich auf dem Marmor-Rhombus links über dem Eingang der Holzbaracke festklebt und verkündet, es wird noch böse enden, während ein Schmierfink wiehernd lacht. Und siehe da: …

Im Bild wandert der Fokus zum Rachen des Ungeheuers, aus dem ein Menschlein purzelt

… drei Tage, nur drei Tage später stürzt unfreiwillig, sprich geschmissen, ein Menschlein aus einem hoch gelegenen Fenster der Holzbaracke, …

Im Bild die schrecklich hergerichtete Leiche, in ihrem Blute auf dem Asphalt liegend vor den Rädern eines Fahrzeugs

… zerschellt am Boden, verendet zermalmt im eigenen Blute – ein Anblick, wir müssen wegschauen, sonst kommt uns das Kotzen.

Im Bild eine hektische Folge von besorgt dreinschauenden, bereits bekannten Personen, die dann tonlos schwatzen, schwatzen, schwatzen, was das Zeugs hält und dabei die fürchterlichsten Grimassen schneiden

… Und das Geschrei erst, das anhebt, die Erklärungen, Kommentare, verzerrten Berichte, Verschwörungstheorien der Herrschenden, der Spitzen des hierarchischen Systems und der Medien, kurz derer, die das Sagen haben, und schwatzen können, was sie *wollen, solange bloss die Bevölkerung aufgehetzt und auf je die Seite der gerade Schwatzenden gezogen wird. Zum Lachen….*

Im Bild die 'Leiche', die sich erhebt, sich schüttelt und einen Freudentanz aufführt, ihre Zunge raustreckt, die lange Nase macht und fröhlich davonspringt.

… April, April, es ist ein Scherz, eine geniale Kunstaktion der absurden anarcho-boys. …

Im Bild die drei Figuren mit den Schweinemasken, die nun ihre Masken lüften und grinsend, aber eindringlich ihre Botschaft in die Kamera sprechen

… Zum Totlachen! Und die Herrschenden und die Medien, diese Hanswurste, soll ein normaler Mensch ernst nehmen! Als Untertan erdulden, dass sie uns beherrschen. Nie und nimmer! Ihnen in die Augen schauen. Ihre menschliche und allzu menschliche Seite nicht verdrängen. Sie in die Wüste schicken, wenn sie uns zu viele Lügen auftischen. Scharf beobachten, gut zuhören und das Lachen nicht verlieren.

Ende

Im Nu steigen die Zahlen von Followern, Likes, Kommentaren etc. von Tausend, zu Zehntausend und Hunderttausend bis sie die Millionengrenze knacken und fröhlich spielend überhüpfen.

Das Ereignis wird in der Öffentlichkeit immer häufiger diskutiert werden. Ein öffentlicher Diskurs wird angestossen sein. Die Verhaltensweisen gewisser Herrschender in dieser Angelegenheit werden endlich ernsthaft hinterfragt werden. Die absurden anarcho-boys werden für Tage, Wochen und Monate die Helden sein und gefeiert werden. Spontane Demonstrationszüge werden sich da und dort in den Strassen Langwardias formieren.

Die absurden anarcho-boys aber werden eindringlich ermahnen, das Ereignis nicht zum Volksfest mit Bier und Tanz verkommen zu lassen. Die Leute sollen sich einprägen, wer sie ständig angeflunkert und am Seil runtergelassen hat. Die Leute sollen sich bei den nächsten Wahlen daran erinnern. Das ist echte Demokratie.

When a radical change is needed, many argue that it is impossible for individual actions to incite it, so it's futile for anyone to try. This is exactly the opposite of the truth: the impotence of individual action is a reason for everyone to try.

> Jonathan Safran Foer. We are the Weather: Saving the Planet begins at Breakfast, Farrar, Straus and Giroux New York 2019 E-Book, Seite 44 ff.

ZWEITER TEIL

Der rechtsfreie Raum wird zur Hölle, sobald Menschen
ihn in einen Gewaltraum verwandeln.
Jörg Baberowski, Räume der Gewalt, S. Fischer
Geschichte 2015, E-Book Pos. 2287

NACHSPIEL

Zornaktion

Büchel kundschaftet die Wohnsituation des Autors aus. Mit Sparringer und Mengelt im Schlepptau geht er hin. Ein Gang um das mehrstöckige Mehrfamilienhaus herum, soweit Zäune und Nachbarhäuser es zulassen und soweit sie die Wohnung des Autors vermuten, zeigt, dass in der Wohnung kein Licht brennt. In Anbetracht des tiefen Winters, der Uhrzeit und des grauen Wetters müsste bei einem Aufenthalt im Innern eines Wohnhauses unweigerlich Licht brennen. Büchel, Mengelt und Sparringer nicken sich zu und besiegeln damit ihrer dreier Vergewisserung, dass sich jetzt niemand in der Wohnung des Autors aufhält. Dann grinsen sie sich fröhlich zu, als sie feststellen, dass die Haustüre nach der letzten Öffnung nicht ins Schloss zurückgeschnappt und bloss angelehnt geblieben ist, so dass sie ungehindert Zugang ins Innere des Mehrfamilienhauses haben. Sparringer drängt sich vor, streckt als Erstes seinen Kopf durch die halb geöffnete Türe ins Treppenhaus hinein, um zu sehen und vor allem zu hören, ob sich im Innern des Gebäudes, im Treppenhaus, etwas regt. Büchel versetzt

Sparringer einen leichten Stoss. Sparringer droht kopfüber in den Eingangsbereich des Treppenhauses zu stürzen, kann sich aber auffangen, lässt dem drängenden Büchel den Vortritt und geht hinter diesem und Mengelt die paar Treppenstufen hoch bis zu einer Wohnungstüre, vor der Büchel und Mengelt stehen bleiben. Büchel beugt sich nieder, um das Namensschild zu lesen. Er richtet sich wieder auf. Wirft Mengelt und Sparringer über seine linke Schulter einen Blick mit befriedigtem Lächeln zu. Nickt kurz zweimal und ist im Begriff, das Sperreisen, das sie zum Aufwuchten der Wohnungstüre mit sich tragen, zur Tat in die Hand zu nehmen. Sparringer zupft Büchel an einem Jackenärmel. Büchel schaut genervt zurück. Sparringer zeigt mit seinem Kinn und seinem Blick in Richtung Klingelknopf. Sparringer drückt die Klingel. Büchel schüttelt seinen Kopf. Lässt das beinahe bereits in Anschlag gebrachte Sperreisen wieder sinken und verdreht während des Wartens seine Augen. Nichts regt sich im Inneren der Wohnung. Sparringer flüstert, „um ganz sicher zu sein", tritt dann einen Schritt vor, schiebt Büchel leicht beiseite und drückt die Klinke der Wohnungstüre runter. Die Türe springt auf. Ist nicht abgeriegelt.

Mit tastenden Schritten und in angespannter Aufmerksamkeit betreten die Drei, Büchel voran, Mengelt und dann Sparringer hinterher, die ihnen fremde Wohnung. Sobald alle drei im Korridor stehen, zieht Sparringer die Wohnungstüre hinter sich zu. Mutig schreitet Büchel nun voran, dem Licht entgegen, das durch eine geöffnete Zimmertüre aus einem Zimmer in den düsteren Korridor scheint.

„Gefunden," schreit Büchel. Sparringer zuckt zusammen.

„Psssst", zischt Sparringer und schaut hastig nach links und rechts und vorsorglich auch nach hinten. Mengelt grinst über den übervorsichtigen Sparringer.

Die Drei sind in einem riesigen und hohen Zimmer, das mit mehreren hohen, antiken Eichenschränken, Büchergestellen, eine paar Stühlen, einem Tisch und einem Schreibtisch möbliert ist. Auf dem Schreibtisch steht ein grosser Bildschirm, der mit einem daneben liegenden Laptop verbunden ist. Der Schreibtisch und der Tisch sind übersät mit Papieren, Büchern und Zeitschriften.

„Komm, trödle nicht herum. Wir sind am Ziel. Hier, die Axt. Nimm sie richtig in Griff. So! Und dann nichts wie los, schlag das Zeugs kaputt! So wie wir es abgemacht haben. Du schlägst zu, weil er dich am meisten beleidigt hat", fordert Büchel Sparringer auf.

„Der teure Bildschirm, der teure Laptop", zetert Sparringer.

„Schisshase. Wagst es wieder einmal nicht, dreinzuschlagen, wenn es gilt das richtige Zeichen zu setzen. Du bist zu nichts zu gebrauchen. Bist ein Versager."

„Du bist so gemein."

Büchel nimmt die Axt zur Hand, zieht sie hoch über seinen Kopf, lässt sie auf den Bildschirm niedersausen, der mit einem metallenen Geräusch entzwei bricht. Derweil zerreisst Mengelt so viele herumliegende Papiere, wie er greifen kann. Sparringer steht mit weit aufgerissenem Mund und weit aufgerissenen Augen, Schrecken ins Gesicht gezeichnet daneben und knabbert wie verrückt an seiner Unterlippe. Büchel holt zum zweiten Schlag, diesmal auf den Laptop aus. Und schon ist auch der Laptop zertrümmert.

Sparringer wendet sich peinlichst berührt vom Geschehen ab, starrt ziellos in eine andere Richtung, zur Türe, durch die sie hineingekommen sind und erstarrt beim Anblick dessen, was er plötzlich wahrnimmt. Reisst seinen Mund noch weiter auf. Erstarrt zur Salzsäule und bringt keinen Ton mehr raus. Er zittert. Kalter Schweiss tritt auf seine Stirne

Nicht durch Zorn, sondern durch Lachen tötet man.
Friedrich Nietzsche, Also sprach Zarathustra, Die
Reden Zarathustras, Vom Lesen und Schreiben

Höllengelächter

Plattmann steht da. Breitbeinig. Seine Hände auf
den Hüften aufgestützt, die Ellbogen breit ausgefahren.

„Hojotoho! Hojotoho! Hojotoho! Hojotoho!
Heiaha!," ruft Plattmann, der als Banause in Sachen Opern,
deren Aufführungen er bloss angeblich mit grösster
Begeisterung besucht, um seine derzeitige ständige
Begleiterin und Verlobte, Charlotte Muntwiler, der das Sehen
und Gesehen werden so sehr wichtig ist, was ja auch
Plattmann nicht verschmäht, insbesondere, weil sie, seine
derzeitige ständige Begleiterin und Verlobte, Charlotte
Muntwiler, Gott und die Welt kennt, alle Mächtigen der
Wirtschaft und der Kultur im Foyer der Oper links und rechts
auf die Wangen küsst und ihnen Plattmann als ihren
Verlobten vorstellt, ruft Plattmann also ohne zu wissen oder
auch bloss zu ahnen, dass er mit seinem mit sonorem Bariton
hingeschmetterten Huronengebrüll Wagners Walküren
zitiert.

*Zwischenbemerkung des Verlags-Lektors, dem der
Autor sein Manuskript eingereicht hat.*
*„Was stellen sie, Herr Autor, sich vor. Schachtelsätze
sind verpönt. Die Fachwelt hat sie zum No-go erklärt.
Leser und Leserinnen sind zudem zu unbedarft, um*

diesen mäandernden Sätzen und Gedanken folgen zu können."

„Herr Lektor, gewisse Situationen sind so verschachtelt, dass ein Autor sie bloss mit eben solchen Verschachtelungen echt einfangen kann."

Büchel lässt den Arm mit der Axt sinken, so dass die Axt in seiner Hand lose baumelt. Mengelt hält inne mit dem Zerreissen von Papieren. Büchel, Mengelt und Sparringer starren Plattmann an. Hinter Plattmann lugt Fiedler hervor.

„Entschuldigt, Otto, Hans und G.W.," fährt Plattmann höchst enthusiasmiert und munter fort, „dass wir Euch heimlich gefolgt sind. Ich war zu neugierig darauf, was ihr Schlingel im Schilde führt."

Kaum ist Plattmann sich der Aufmerksamkeit Aller gewiss, breitet er seine Arme wie zum Segnen aus, um aus voller Brust und lachend in seiner Rede fortzufahren. „Was müht ihr euch mit der Zerstörung von beliebig reproduzierbarer Materie ab! Hahaha! Der Kopf, der den Fenstersturz geplant hat und der uns unbedingt der Lächerlichkeit preisgeben wollte, lebt weiter. Diesen Wirrkopf müssen wir treffen und ihm seine Gedanken austreiben. Das Bisschen Dreinschlagen mit der Axt, die, wenn im Haus, den Zimmermann ersetzt, löst in unserem Fall das Problem nicht."

Einmal mehr zitiert Plattmann Schiller, ohne sich dessen bewusst zu sein. Die ständige Begleiterin und Dauerverlobte von Plattmann, die Vorgängerin von Charlotte Muntwiler hatte ihn zwar ständig ins Theater geschleppt, doch erstens ist das bereits zu lange her und zweitens hatte er während den Aufführungen immer wie ein Herrgöttchen geschlafen.

„Von dir, Otto, hätte ich eine raffiniertere Reaktion auf die Ungehörigkeiten dieses Autörchens erwartet. Und du, G.W., schlottere nicht, mitgehangen ist halt mitgefangen. Hans, jetzt bietet sich die Gelegenheit zu beweisen, was in dir steckt. Wir müssen unbedingt unsere Köpfe zusammenstecken, um diesem Autor den Meister zu zeigen und ihn zum Verstummen zu bringen. – G.W., was zuckst du so spastisch herum?! Ist was?"

Den Blicken Sparringers, Mengelts und Büchels folgend, die an Plattmann vorbei nach hinten zeigen, wenden Plattmann und Fiedler sich um. Sie sehen hinter sich den lässig gegen den Türrahmen lehnenden und grinsenden Felber.

„Was, zum Teufel, machst ausgerechnet du hier?", schreit Plattmann, der durch die Gegenwart des von ihm als linken Hund verschrienen Felber seine Fassung verliert.

„Ich bin dir bloss gefolgt, weil ich neugierig darauf bin, was du so treibst, wenn du dein Büro verlässt," wirft Felber hin.

„Was erlaubst du dir, ohne meine Einwilligung deinen Arbeitsplatz während deiner Arbeitszeit zu verlassen. Hat man da noch Worte! Ein kleiner Angestellter, der es wagt, seinem Chef hinterher zu spionieren! Unerhört. Du bist gefeuert! – Ach, wenn du nicht bereits gefeuert wärst, wärst da von jetzt an gefeuert! Ja, ja, Otto, du hattest mich längst vor ihm gewarnt gehabt, doch meine Gutmütigkeit liess es nicht zu, ihn, wie du empfohlen hattest, ihn zu feuern. Dabei sind diese linken Hunde das Schlimmste, was uns, und nicht nur uns, der Demokratie geschehen kann. Sie untergraben schamlos alles …"

„Cäsi," unterbricht Felber lachend seinen Chef, „du bist hier nicht auf einer Wahlveranstaltung, und hier zieht neues Unheil auf."

Es beginnt der achte Tag des Dekamerons, wo unter der Herrschaft Laurettas von den Streichen erzählt wird, die tagtäglich von der Frau dem Mann oder von dem Manne der Frau gespielt werden.

Giovanni de Boccaccio, Das Dekameron, Insel Verlag Leipzig 1912

Der Racheengel

Schreiend, mit wehenden Mänteln, Jacken, Röcken und Haaren, rennt atemlos Francesca Palatti in die Runde. Alle Anwesenden schauen sie erstaunt an. Sie scheint ausser sich vor Wut. Ihr Kampfschrei mündet in eine Tirade.

„Ich bin euch gefolgt, Herr Plattmann, und dir, Luzi. Ich war neugierig darauf zu erfahren, was ihr vorhabt. Ich habe diese Geheimnistuerei von euch Männern endgültig satt. Immer dreht sich alles bloss um euch. Und wir, wir Frauen, wo bleiben wir! Ja, starrt mich nur an und denkt, was will dieses verrückte Huhn von uns. Sie soll gefälligst verschwinden oder ihren Mund halten. Doch da habt ihr euch geirrt. Ich schweige nicht. ‚Wahrlich, ihr Männer von Athen, dem Tode zu entrinnen, das ist nicht schwer, aber der Schande zu entrinnen, das ist viel schwerer, denn sie läuft schneller als der Tod'."

Palatti kennt ihren Platon. Felber weiss, jetzt hat die Palatti ein geflügeltes Wort gebraucht, und fragt sich, doch wen, wen bloss zitiert sie hier? Die andern denken bloss, falls sie etwas denken, wie geschraubt dieses Weib daherredet.

„Ich will am Geschehen teilhaben. Ich will dabei sein, wenn etwas geschieht. Mich werdet ihr nicht so schnell los. Weshalb bloss habt ihr Männer Angst vor uns starken Frauen. Hört und schaut man euch zu, ist immer alles Männersache und die Frau ist verdammt dazu, ein hübsches Dekorationsstück zu sein. Und hat sie das Pech, nicht besonders hübsch zu sein, darf sie nicht einmal dekorieren. Schämen solltet ihr euch, dass ihr uns aus eurem Tun raushaltet. Uns ausschliesst. Sollen wir uns bescheiden, brav die zweite Geige zu spielen, wenn wir das Zeugs dazu haben, die erste Geige zu sein! Und erst noch mehr Talent haben als ihr! Mit dieser männlichen Überheblichkeit ist ein für allemal Schluss. Ich habe endgültig die Nase voll davon. Grinse nur so blöd, Luzi, du bist nicht besser, als die andern. Spielt in deiner Seifenoper eine Frau eine tragende Rolle? Ha, jetzt habe ich dich kalt erwischt. Jetzt endlich erkennt der ach so gescheite und liebe Luzi Felber, dass auch er die Frau sträflich vernachlässigt in seinem Schreiben. Die Frau, die euch Männer mit eurem Doppelleben, wo ihr uns Frauen immer etwas vormacht, durchschaut hat. Wir Frauen kommen euch Männern auf die Schliche. Ich fordere von dir, Luzi, dass du deine Seifenoper umschreibst und endlich auch mir die mir gebührende Rolle auf den Leib schreibst! Ich habe es endgültig satt, als hübsche Nippes-Figur behandelt zu werden."

Unbemerkt von den andern hatte Sparringer mit funkelnden Äuglein Felber ins Visier genommen. Plattmann, der die Situation, auch an den Rändern, immer überschaut, bekommt mit, dass sich bei Sparringer etwas anhäuft, was in eine Explosion in Richtung Felber münden könnte. Unbemerkt von den andern tastet er sich leise zum Fenster hin, öffnet dieses, geht dann ruhig und leise zwischen Sparringer und Felber, mit Blick auf Sparringer, dass dieser ihn wahrnehmen muss. Mit einer knappen Kopfbewegung weist er zum geöffneten Fenster. Was Sparringer mit einem knappen Blick und dann einem freudigen Aufblitzen der Augen quittiert und sichtlich immer näher zum Explosionspunkt kommt. Im Moment, als Palatti ihre klare Forderung Felber an den Kopf schreit, rennt Sparringer mit seiner Nussgipfelfigur ohne muskulöse Rundungen auf Felber los, packt ihn in affenhafter Behändigkeit am Nacken und am Hosenboden, rennt mit seiner Last zum geöffneten Fenster und schmeisst Felber aus dem Fenster.

Il faut avouer que les autres étaient pour le moins aussi malheureux que lui; mais Candide espérait que le savant le déennuierait dans le voyage. Tous ses autres rivaux trouvèrent, que Candide leur faisait injustice ; mais il les apaisa en leur donnant à chacun cent piastres.

Voltaire, Candide ou l'Optimisme, Reclam 2007, Seite 90

Applaus Applaus

Lattenbeck ruft Bravo, bravo, und klatscht wie ein Besessener in seine Hände. Er sitzt in luftiger Höhe auf einem der hohen antiken Eichenschränke und beginnt zu klatschen und immer wieder bravo, bravo zu rufen. Der einzelne Klatscher sitzt auf dem Schrank, lässt seine Beine ins Leere baumeln. Zuweilen unterbricht er sein Klatschen, um durch seine in den Mund gesteckten Finger ein paar schrille Pfiffe zu produzieren und dann wieder weiter zu klatschen. Neben Lattenbeck sitzen, ebenfalls mit ins Leere baumelnden Beinen, von Aesch, Wunderlich, Eidenbenz, Glaubtreu, Schönenberger und die Blaschkus, die ebenfalls in die Hände klatschen. Doch aus dieser Gruppe ruft bloss Wunderlich von Zeit zu Zeit mit verhaltener Stimme bravo. Auf einem anderen Schrank sitzen, auch sie mit baumelnden Beinen, Pfund, Emmi, Stöckli, Kilmer, Andreoli und Schaffner. Diese Gruppe verfolgt bloss das Geschehen ohne zu applaudieren. Untereinander werfen sie sich amüsierte Blicke zu, schütteln ihre Köpfe und schneiden Grimassen. Ausser diesen zwei klar herausstechenden Gruppen sitzen noch unzählige weitere Personen auf den verschiedenen Schränken und spähen interessiert in den Raum hinunter, dessen Parkett in diesem Moment zu den Brettern wird, die die Welt bedeuten.

„Francesca besucht seit neustem die Schauspielschule. Ihren Monolog, eine Wucht, wie gut und überzeugend sie ihn hingekriegt hat," raunt Andreoli laut und deutlich im ganzen Raum vernehmbar seinen Sitznachbarn zu.

Auf diesen Brettern sammelt Plattmann sogleich seine Schäfchen Palatti und Sparringer ein, packt sie und zieht sie in die Zimmermitte, wo er je einen Arm um die Schultern von Palatti und vom geniert mit seinen Augen allen Blicken ausweichenden Sparringer legt und diese mit Druck zwingt, sich nach allen Richtungen vor ihren Zuschauern zu verbeugen. Er selber strahlt mit breitem Grinsen in die Höhe, während Fiedler mit leicht säuerlicher Miene im Abseits steht. Büchel, noch immer mit der Axt in der Hand, steht vor dem Schreibtisch mit dem demolierten Bildschirm und Laptop und flüstert dem neben ihm stehenden Mengelt etwas zu, was dieser mit Lachen quittiert.

Laut vernehmbar ist Güldingers Stimme zu hören, der auf einem der Schränke zwischen andern Leuten sitzt und ebenfalls seine Beine runterbaumeln lässt.

„Applaus ist so gewöhnlich. So banal. Mir läuft es jedes Mal kalt den Rücken runter, wenn die Massen jubeln."

„Diese Performance verdient eine standing ovation. Los, los, steht auf und klatscht, was das Zeugs hält," ruft Lattenbeck.

„Wenn alle kopflos aufstehen und nach unten sausen, ein Bild für Götter, das denen die Schau stiehlt, die sich feiern wollen," frotzelt Pfund.

„Wo ein Wille ist, ist auch ein weg. Da ist noch Platz nach oben, um auf den Schränken oben aufzustehen," gibt Kilmer zu bedenken.

„Dann aber muss man sich ganz schön verbiegen, um denen da unten zuzuklatschen, denn aufrecht stehen kann man auf den Schränken nicht. Die Decke ist dafür nun doch zu niedrig," hält Stöckli trocken fest.

Ein Knacks, ein lauter Knacks übertönt den Jubel und die launigen Kommentare. Der Knacks kommt von ausserhalb des Raumes. Wie es den Anschein macht, aus dem Korridor. Der Knacks lässt die Situation gefrieren. Grosse Stille herrscht. Bloss Pfund juckt mit einem Satz von seinem Sitz auf einem der Schränke Richtung Boden runter, wo er mit seinen Pfunden ächzend und stöhnend, doch auf den Füssen landet. Er zückt seine Pistole. Hält sie in Schiessbereitschaft in seiner Rechten mit dem leicht ausgestreckten Arm und tastet sich seitlich, Schutz an der Zimmerwand suchend, zur Zimmertüre vor. In dem Moment wird die Zimmertüre von aussen aufgerissen. Durch die Menge geht vielstimmig und erschreckt klingend ein Oh!

Erstens, die Menschen liegen der Ehre und Würde wegen miteinander in einem beständigen Wettstreit; jene Tiere aber nicht. Unter den Menschen entsteht hieraus sowie aus weiteren Ursachen häufig Neid, Hass und Krieg; unter jenen aber höchst selten.

Thomas Hobbes, Leviathan, übersetzt von Jacob Peter Mayer, Reclam 2007, Seite 153

Geisterzirkus

Ein Mann steht im Türrahmen, starrt in den Pistolenlauf von Pfund und fragt, „was geht hier ab? Bin gemütlich am Scheissen, lese ein Mickey- Mouse Heftchen, denke an nichts Böses und plötzlich geht's los in meiner Wohnung, dieser Lärm …"

Plattmann herrscht den leicht verdattert im Türrahmen stehenden Mann an, „Wer sind sie? Was fällt ihnen ein, in fremde Wohnungen einzudringen. Zum Glück ist der Polizeidetektiv hier und kann sie gleich verhaften."

„Das ist meine Wohnung."

„Unsinn, das ist die Wohnung von Felber."

„Nun, Felber und ich …"

„Da haben wir's. Felber ist nicht mit der Weisser zusammen, aber mit diesem, diesem Mann," kreischt die Wunderlich dazwischen.

„Sie meinen," fährt Plattmann an den unbekannten Mann gewandt fort, „es gibt noch einen, der über Felber schreibt …?"

„Ich bin der Autor!"

Plattmann bricht in ein Gelächter aus. „Dann hättest du ihn," wendet er sich an Sparringer, „zum Fenster rausschmeissen sollen. Du machst doch alles falsch. Er, dieser Autor hier, ist der wahre Übertäter!"

„So, nun macht mal um Gottes Willen kein Durcheinander," schiebt Fiedler sich als Akteur mitten ins Geschehen hinein. Jetzt haben wir einen echten Fenstersturz. Der Herr Sparringer hat den Herrn Felber zum Fenster rausgeschmissen. Wir alle hier Anwesenden sind Zeugen des Geschehens. Nicht wahr, sie alle können bezeugen, was geschehen ist? Polizeidetektiv Pfund, walten sie ihres Amtes."

„Herr Regierungsrat Fiedler, ich bin platt, wie sie die Situation wieder in den Griff kriegen," ruft Güldinger aus der Höhe eines Schrankes herab und wagt zwischen etlichen Personen hindurch einen Blick nach unten, ohne Anstalten zu treffen, den Sprung nach unten auch tatsächlich zu wagen.

„Entschuldigen sie, Herr Regierungsrat, ich bin befangen, in das Geschehen verstrickt," meldet nun Pfund sich zu Wort.

„Unsinn, sie sind dabei gewesen und haben haargenau gesehen, was geschehen oder nicht geschehen ist. Ja, ja, ich hatte schon immer geahnt, dass diese Geschichte ein böses Ende nehmen wird."

Mit dieser Feststellung Fiedlers sinkt die Spannung auf einen Nullpunkt. Ein wildes Durcheinander von Stimmen setzt ein. „Du, habe ich es richtig mitbekommen, das ist doch der Autor, der …", „Ja, er ist es, der uns in seinem grauenhaften Geschreibsel verunglimpft.",

176

„Uns total lächerlich macht.", „Ein Mensch, der derart böse über uns schreibt, er muss mundtot gemacht …", „Vernichtet werden. Los, eröffnen wird die Jagd auf den Autor.", „Theoretisch könnten wir ihn gerichtlich belangen, die Veröffentlichung verhindern und eine Unsumme als Schadenersatz fordern, doch das erfordert bei der trödelnden Arbeitsweise der Gerichte Jahre.", „Ich meine, ich bin doch in Wirklichkeit nicht der Unmensch, als den er mich darstellt.", „Der Autor ist ein Verschwörungstheoretiker. Solche Machwerke sollten verboten werden, Punkt und Schluss!", „Nicht lange Federlesens machen.", „Die, die das Sagen haben, haben in Wahrheit Schiss davor, dass die Linken zurückschlagen, wenn sie einen der Ihren mundtot machen, deshalb, genau deshalb unternehmen sie nichts und so geht das Larifari-Zeugs endlos weiter und wir, wir, die einfachen Leute sind die Leidtragenden und haben die ganze Suppe zu bezahlen, in die alle von dort oben nach Belieben reinspucken.", „Geben vor, die Welt zu retten. Dass ich nicht lache!", „"Stellen die Medien schlecht hin, dabei sind sie, diese selbsterklärten Weltverbesserer, noch viel verreckter."

„Ich vermute," flüstert Emmi Pfund zu, „das ist es wohl gewesen. Sinnlos, hier noch mehr Zeit zu verplempern. Und mir stinkt es schlicht, Hahnenkämpfen der Eingebildeten zuzuhören und zuzuschauen und zum Schluss möglichst noch applaudieren zu müssen. Doch eins muss ich dir lassen, in was für Geschichten du immer hineingerätst, Hut ab, diese Geschichten sind nicht ohne! Bevor wir uns französisch verabschieden, muss ich noch Francesca die Hand schütteln. Josy hat mir überhaupt nicht erzählt, dass Francesca nun die Schauspielschule besucht. Womöglich hat ihr das Studium der Kunstgeschichte doch nicht das gebracht, was sie erwartet hatte. – Du wart, siehst du, was ich sehe. Sie schäkert ja mit dem Autor …"

Palatti ist in ein intensivstes Gespräch mit dem Autor verwickelt. Sie macht grosse Augen und scheint Dinge zu erfahren, die sie überraschen, mit denen sie nicht gerechnet hatte. Emmi zögert, ob sie dieses Gespräch stören soll.

Pfund nimmt einmal mehr mit Erstaunen zur Kenntnis, wie er und seine liebe Emmi, sich tatsächlich immer finden, selbst wenn, wie jetzt, Emmi vorgibt nachhause zu drängen, dann aber doch noch hängen bleibt, weil sie dringend noch ein paar Worte mit jemandem zu wechseln hat, was in der Regel zu einer lange dauernden, wortreichen Unterhaltung führt, und er, Pfund, aus reiner Neugierde, was sich da noch tun wird, unbedingt länger bleiben will.

Kunde zu allen Zeiten
ward hin und her erzählt,
wie in wahren Wonnen
die Helden auserwählt
lebten zu jeder Stunde
in Sigemunds Land …

Das Nibelungenlied, übersetzt von Felix Genzmer,
Reclam 1984, Seite 119

Die Wiederkunft des Gespenstes

Eidenbenz, die sonst die Strenge in Person ist, sich durch nichts beeindrucken lässt und nie die Fassung verliert, kreischt plötzlich wie von Sinnen, "nein, Hilfe! Da, da, da", und sie zeigt auf das Fenster, wo draussen von unten nach oben kommend, der Kopf Felbers auftaucht, Schnee und Dreck im Haar und arg zerzaust.

Pfund erkennt, wie wichtig es gewesen war, hier noch etwas auszuharren. Mit seiner gewohnten Ruhe und Kennermiene kommentiert er, das Lachen unterdrückend, das Geschehen laut vernehmlich mit, „aha, ein Fenstersturz aus dem Erdgeschoss endet bei einer Fallhöhe von rund zwei Meter in der Regel nicht unbedingt tödlich!"

Wie aus der Kanone schiessen aus dem Mund des vor dem Fenster aufgetauchten gespenstischen Felbers, „Dreieinhalb Meter. Es handelt sich um Hochparterre. Doch die Landung mitten in eine Matschpfütze."

Die Worte Felbers erklingen zweistimmig. Spontan schnellen alle Köpfe in die Richtung, aus der die zweite Stimme kommt. Der Autor steht, als alle ihn anstarren, etwas verlegen da, tritt von einem Fuss auf den andern. Äussert mit vorerst stotterndem Beginn, „E e e es i i is ist nämlich so, er und ich sind gewissermassen die gleiche Person."

Derweil zieht Felber sich kletternd über die Fensterbrüstung, schwingt seine Beine über den Fenstersims und springt zurück in den Raum, triefend vor Matsch und geschmolzenem Schnee. Ein Raunen geht durch die Menge. Felber gesellt sich zum Autor, legt einen Arm um dessen Schulter. Das Raunen der Menge schwillt an zu einem Lauthals aus unzähligen Mündern plätschernden Geschnatter. Dieses Geschnatter changiert zwischen Stolz in einem wie auch immer zu bewertenden literarischen Machwerk Spuren zu hinterlassen und erkennbar darin erwähnt zu sein und der Empörung über die Art und Weise, wie die eigene Person gezeichnet und damit der Lächerlichkeit preisgegeben ist. Das Geschnatter kulminiert im Aufschrei, dass ein sofortiges Verbot her muss. Dazu richten sich 1001 böseste Blicke auf das Duo Felber und Autor. Blicke, die töten würden, wenn sie es könnten. Bloss das Grüppchen um Pfund, Emmi, Kilmer, Andreoli hält sich raus.

„Es gilt …. Es gilt …. Es gilt…," beginnt Plattmann mit sonorem Bariton ex cathedra Stille und Aufmerksamkeit auf ihn zu befehlen und fährt, nachdem sich alle auf ihn konzentrieren und ihre Münder halten, dozierend fort, „Es gilt ein ernstes Wörtchen zu reden. Die Verunglimpfungen unserer aller Personen in diesem Geschreibsel sind absolut empörend, ehrverletzend, herabwürdigend und lassen sich in keiner Weise rechtfertigen. Alles erstunken und erlogen, erfunden von kranken Gehirnen. Felber Autor, mir graust es vor dir! – Was grinst ihr hohlen Schädel mir unverschämt noch zu?!!!!"

„Ach, Cäsi, …" beginnt die Doppelstimme in mildem Tonfall, „ … da liegt ein Missverständnis vor. Nein, nein, unterbrich mich bitte nicht. Was ich in meinem Alltag am Rande und überhaupt mitbekomme und beobachte, gerät in meinem Innern in einen Stauraum, wo es nicht vergessen geht, dafür brodelt und gärt, bis es in meinem Kopf unablässig herumspukt und darauf dringt, endlich befreit zu werden. Der Befreiungsschlag erfolgt bei mir, weil es meinen Fertigkeiten entspricht und ich so gerne schreibe, schreibend. Mein Bedenken dessen, was mich am Erlebten irritiert, verschmilzt zu spontan sich aus dem Amalgam meiner Erinnerungen und meiner Fantasie wuchernden Geschichten, die ich spontan so raffiniert und witzig zu erzählen versuche, wie der Schnabel, oder besser das Imaginieren, mir gewachsen ist. Ich male nicht den Teufel an die Wand. Ich suhle mich nicht in schwärzesten Weltuntergangsvisionen. Ich widme mich den Dingen und den Personen, an denen mir etwas liegt, die ich liebe, die ich bewundere, die ich, falls sie Dinge tun, die ich als schlecht empfinde, durch mein Hinterfragen ihres Handelns zu einem Umdenken bewegen möchte. Ich wäre ja wohl blöd, meine Zeit mit Dingen und Personen zu verplempern, die ich aus tiefstem Herzen verabscheue und in der Wirklichkeit mit den Mitteln bekämpfen muss, die mir zur Verfügung stehen. Die Vorwürfe, die jetzt auf mich niederprasseln, verstehe ich durchaus, doch lasst es euch gesagt sein, wenn ich die Strukturen und Hierarchien, die für uns Sicherheit sind, nicht als absolut notwendig für unseren Alltag erachtete, würde ich mir nicht den Kopf darüber zerbrechen, wo der Wurm drin steckt. Ich möchte, das ist mein Ziel, den Wurm entfernen. Und wenn ich dich, Cäsi, und all die andern in ihren menschlichen und allzu menschlichen Dimensionen schildere, dann bloss, weil ihr meine Welt seid, in der ich mich wohlfühle. Zudem braucht ihr euch nicht die geringsten Sorgen zu machen. Ich bin als Schreiberling einem Street Artist vergleichbar, dem es einfach nicht gelingen will, auf ein Vehikel des Mainstream aufzuspringen. Daher wird kein Schwein sich um das, was ich schreibe, kümmern und keiner erfährt die kleinen Geheimnisse über euch, die ich geschwätzig, wie ich nun mal bin, mit Lust und Freude nicht ausplaudere, doch ausschreibe."

Die gebannten Zuhörer brechen, als die Doppelstimme des Duos Felber und Autor verstummt, in tosenden Applaus aus. Plattmann und Fiedler drängen sich hervor und versuchen mit wildem Herumfuchteln, das darin besteht, dass sie ihre an locker ausgestreckten Armen flach mit Handflächen nach unten und gespreizten Fingern hervorgestreckten Hände unablässig auf Bauchnabelhöhe von oben nach unten bewegen, sich dabei leicht drehen und in alle Richtungen äugen, um allen Anwesenden klar zu machen, dass auch sie gemeint sind, wenn es darum geht, Ruhe zu schaffen. Als es endlich still ist, beginnen Plattmann und Fiedler gleichzeitig, je ohne auf den anderen zu achten, zu reden. Sie verstummen gleich wieder. Werfen sich gegenseitig böse Blicke zu. Lassen dann mit gekünstelt lässiger Handgeste und süsssäuerlicher Miene den Vortritt. Beide treten einen Schritt vor. Die Anwesenden brechen ob des Schauspiels in Gelächter aus. Worauf Plattmann und Fiedler sich etwas ratlose Blicke zuwerfen. Fiedler tritt einen

Schritt zurück. Plattmann holt tief Luft und streckt seine Brust hervor.

„Interessant, was du, Luzi, uns berichtest. Erlaube mir aber, dass ich eine kritische Anmerkung zu deinem ,Werk' mache. Das Ende fehlt. Lieber Luzi, das Ende bist du uns schuldig geblieben."

Das Duo Felber und Autor beginnt glucksend zu lachen.

„Wo das Ende offen ist, ist alles möglich. Das Ende fehlt nicht. Ich schildere die Dynamik. Sie ist nie zu Ende. Geschehe, was wolle, das Leben geht weiter. Happy Endings gibt es nicht. Sie sind immer gelogen. Es ist doch spannend, wenn man der Weiterentwicklung entgegenfiebern kann! Oder etwa nicht?!"

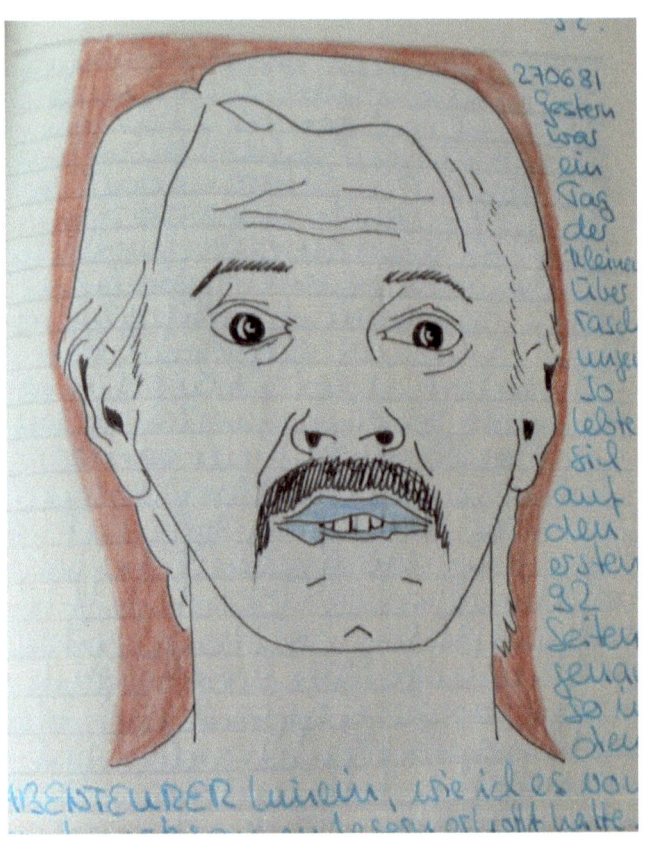

270681 Gestern war ein Tag der kleinen Überraschungen. So lebte Stil auf den ersten 92 Seiten genau so in den

ABENTEURER Lutwein, wie ich es von ... lesen erhofft hatte

Das Leben der Früheren ist eine Lehre für die Späteren,
dazu dass der Mensch die Lehren, welche anderen zuteil
geworden sind, schaue und sich daran belehre, und die
Geschichte der älteren Völker lese und sich daraus
unterrichte.

Tausend und eine Nacht, übersetzt von Gustav Weil,
Urheberrechtsfreie Ausgabe E-Book, Seite 15

Zur Feier des Tages

Emmi hasst es im Mittelpunkt zu stehen oder sich vorzudrängen und sie stellt sich auch vor, wie ihr Sepp sich für sie schämen würde, wenn ausgerechnet sie sich in den Mittelpunkt schieben wollte. Doch sie verfolgt seit langen und längsten Minuten, wie der Schneematsch aus Felbers Kleidern auf das schöne Parkett tropft. Doch jetzt, wo alle Anwesenden wieder kreuz und quer durcheinander quatschen und der Fokus nicht mehr das Duo Felber und Autor sind, wagt sie sich vor.

„Obacht, Herr Felber," wendet Emmi besorgt an diesen, „sie vertropfen mit diesem Schneematsch das schöne Parkett und wenn sie sich weiter bewegen, die gesamte Wohnung. Besser sie ziehen ihre Kleider an Ort und Stelle aus, bevor sie ihre ganze Wohnung verschmutzen."

„Damit du das hübsche Bürschchen splitter-faser-nackt siehst", pfeift Pfund. „Damit ich einmal einen hübscheren Männerbody sehe als deinen."

„Ui ja!", lässt Palatti sich aus dem Hintergrund spitz vernehmen.

Plattmann will sich gerade zurück ins Zentrum der Aufmerksamkeit schieben, das das unbändige Lachen Andreolis, der sich vor Lachen beinahe krümmt, ihn diesen kurz fixieren und seinen Schritt ins Zentrum verlangsamen lässt, klatscht der Autor in die Hände und richtet mit lauter Stimme in fröhlichem Tonfall und im Duo mit Felber seine Worte an alle Anwesenden.

„Alle mal herhören. Für den Fall, dass endlich mal ein Verlag oder Theater ein Werk von mir annehmen wird und ich es endlich schaffe, ein Vehikel des Mainstream zu erwischen und dort zu verkommen, habe ich im Kühlschrank und im Keller immer eine Batterie Pink Champagne bereitgestellt, dass ich mit meinen Freunden in dem Moment tüchtig feiern kann. Wo wir aber jetzt so gemütlich beisammen sind …"

Plattmann schüttelt lachend seinen Kopf, geht auf den Autor und Felber zu, boxt beide scherzhaft einen mit seiner Linken, den andern mit seiner Rechten in je ihre Brust. Fiedler schiebt sich dazwischen.

„Ich bin Iwan. Wenn du nichts dagegen hast, können wir uns duzen."

Diese kleine Sequenz geht in der aufquellenden Feststimmung, wo alle von den Schränken runterspringen und nach dem Pink Champagne Ausschau halten unter. Das ausgelassene Feiern kann beginnen. Und wenn sie nicht gestorben sind …